風神 徐潤

풍신 서윤

풍신서윤 2

강태훈 新무협 판타지 소설

초판 1쇄 찍은 날 § 2015년 11월 20일
초판 1쇄 펴낸 날 § 2015년 11월 27일

지은이 § 강태훈
펴낸이 § 서경석

편집책임 § 김현미

펴낸곳 § 도서출판 청어람
등록번호 § 제387-1999-000006호
등록일자 § 1999. 5. 31
어람번호 § 제2-2613호

주소 § 경기도 부천시 원미구 부일로 483번길 40 서경B/D 3F (우) 14640
전화 § 032-656-4452 팩스 § 032-656-4453
http://www.chungeoram.com
E-mail § chungeorambook@daum.net

ⓒ 강태훈, 2015

ISBN 979-11-04-90524-7 04810
ISBN 979-11-04-90522-3 (세트)

풍신 서윤

風神徐閏

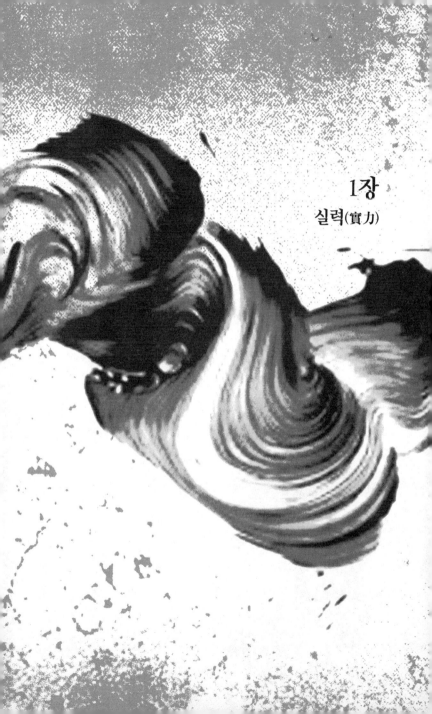

1장
실력(實力)

風神徐潤

풍신서윤

"어서 오십시오!"

우인이 가게로 들어오는 한 남자를 큰 소리로 맞았다.

마을에서는 본 적 없는 낯선 사내.

날카로운 이목구비에 눈빛이 굉장히 사나워 보였다. 게다가 허리춤에 찬 기형검은 그런 사내의 인상을 더욱 돋보이게 만들고 있었다.

워낙 분위기가 날카롭기 때문인지 들어섰을 뿐인데 가게에 있는 다른 손님들이 사내의 눈치를 보았다.

가게에 들어선 사내는 말없이 가게 가운데의 식탁에 앉았다.

"무엇을 드시겠습니까?"

"여기에 그놈이 있다던데?"

사내가 음식 주문은 하지 않고 다른 소리를 했다. 우인은 순간적으로 사내가 말하는 그놈이 서윤이라는 것을 알아차렸다.

'젠장.'

경고를 하고 이틀의 시간을 주었다고 했다.

그리고 오늘이 그 이틀째.

마영방이 마을을 떴다는 소식이 없는 걸 보니 눈앞의 사내는 마영방의 일로 서윤을 찾는 것이 분명했다.

딱 봐도 강하고 잔인해 보이는 사람.

그런 자가 서윤을 찾는다고 하니 우인은 잔뜩 긴장하기 시작했다.

"누, 누굴 말씀하시는… 건지……."

"그렇게 잔뜩 긴장해서 말까지 더듬으면서, 그럴 바엔 거짓말이라도 하지 말던가. 얼른 데려와. 그놈이 이틀을 주었다던가? 난 이 각을 주지. 이 각이 넘으면 그때부턴 저 사람들을 한 명씩 죽이겠다."

사내가 가게 안에 있는 사람들을 가리키며 말했다. 작은 소리로 말했기에 가게 안의 사람들은 그 이야기를 듣지 못한 상태이다.

'윤아, 도망쳐라, 도망쳐!'

우인은 어떻게 해야 할지 몰라 속으로 도망치라는 말만 계속했다.

하지만 그의 바람은 이뤄지지 않았다.

"이틀의 시간을 주었는데."

잠시 외출한 서윤이 가게로 돌아왔다.

방금 전 그가 한 말을 들었는지 서윤의 목소리에도 날이 서 있다.

우인이 고개를 돌려 어서 도망치라는 듯이 서윤을 바라보았다.

하지만 서윤은 도리어 우인을 안심시키려는 듯 눈웃음을 지어 보였다.

"우인아, 사람들 다 내보내. 그리고 너도 아저씨랑 옥이 데리고 나가 있어."

"뭐?"

서윤의 말에 우인이 황당하다는 듯 그를 바라보았다. 그에 서윤은 자신을 믿으라는 듯 고개를 끄덕였다.

"얼른."

"아, 알았어."

서윤의 목소리에서 거역하기 어려운 힘이 묻어나왔다. 그런데도 서윤을 찾은 사내의 표정에는 별다른 동요가 없었다.

우인이 소옥과 아버지, 그리고 가게 안에 있는 사람들을 밖으로 내보냈다. 그러고는 서윤을 한 번 쳐다본 후 자신도 가게 밖으로 나갔다.

가게 안에는 서윤과 사내 둘만 남았다.

고요함이 감도는 가운데 서윤은 저벅저벅 걸어가 사내의 앞에 앉았다.

"이틀 전에 갔을 때에는 못 본 얼굴인데, 그놈들이 지원군을 부른 건가?"

"지원군이라……. 뭐 그럴 수도 있겠지. 마영방 부방주다."

"부방주면 방주 밑인가?"

"그렇지. 그리고 그 말은 마영방에서 두 번째로 강하다는 뜻이기도 하다."

사내의 말에 서윤이 심각한 표정으로 고개를 끄덕였다.

겁을 먹거나 긴장한 것은 아니었다. 다만 마영방에서 두 번째로 강하다는 것이 어느 정도인지 가늠이 안 되어 그런 표정을 지은 것이다.

"가게 안이 피바다가 되면 더 이상 장사를 못 할 텐데. 이 안에서 할 건가? 뭐, 여기서 죽겠다면 소원은 들어주지."

"내 소원은 니들이 이 마을에서 사라지는 거지 내가 죽는 게 아니야."

"하하하하!"

서윤의 말에 사내가 대소를 터뜨렸다. 그렇게 한참을 웃던 사내가 웃음을 멈추고 서윤을 노려보았다.

"죽어라."

사내가 순식간에 의자를 뒤로 밀어내며 허리춤에 달고 있던 기형검을 휘둘렀다.

예상치 못한, 물 흐르듯 자연스러운 기습.

하지만 서윤의 표정에는 변화가 없었다.

어느새 서윤의 주먹이 사내가 휘두른 검의 진로를 막아서고 있었다.

비록 일격에 끝을 보진 못한다 하더라도 한 손은 망가뜨릴 수 있겠다 생각한 사내는 자신의 눈을 의심했다.

서윤의 주먹에 닿기도 전에 검이 튕긴 것이다.

'방탄지기? 고수다!'

사내는 서윤이 보인 한 수가 방탄지기라 생각했다.

호신강기까지는 아니더라도 몸의 기운을 이용해 물리적인 공격을 상쇄하는 수법.

어지간한 고수가 아니라면 쉬이 따라 할 수 없는 것이다.

하지만 서윤이 보인 것은 방탄지기가 아니었다.

풍절비룡권의 원리를 조금 응용한 수법에 불과했다.

풍절비룡권은 기본적으로 진기는 물론이고 풍압, 기압을 적극 활용하는 권법이다.

때문에 각각의 초식에는 그것을 만들어내고 활용하는 원리가 녹아 있었다.

물론 서윤이 평소 그런 것들을 생각하고 따로 연습한 것은 아니었다.

하지만 이미 몸에 익은 원리였고, 짧은 순간에 몸이 반응하는 대로 움직인 것뿐이다.

그만큼 풍절비룡권에 대한 서윤의 이해가 깊다는 뜻이기도 했다.

자신의 기습이 막히자 사내는 당황하는 기색이 역력했다. 그러는 사이 서윤이 자리에서 일어섰다.

"이 마을에서 떠났어야지."

그 말이 끝나기가 무섭게 서윤이 움직였다.

쾌풍보였다.

넓은 공간에서, 혹은 멀리 떨어진 거리에서 보아도 굉장히 빨라 제대로 대비하기가 어려운데 이렇게 좁고 가까운 거리라면 더더욱 대비하기 어려운 것이 쾌풍보였다.

공간을 뛰어넘었다고 착각할 정도로 빠른 움직임으로 거리를 좁힌 서윤이 사내의 멱살을 잡았다.

"컥!"

순식간에 멱살을 잡혀 숨이 막힌 사내가 고통스러운 표정을 지었다.

"여기서 이럴 게 아니네. 나가야겠어."

그렇게 말한 서윤이 사내의 멱살을 잡은 채 가게 문 쪽으로 끌고 갔다.

그러자 그 순간 사내가 손에 들고 있던 기형검을 서윤의 팔 쪽으로 휘둘렀다.

순간 사내의 멱살을 놓은 서윤은 다시 한 번 쾌풍보를 이용해 사내의 뒤쪽으로 돌아가 그대로 사내를 발로 차버렸다.

우당탕!

서윤에게 차인 사내가 반쯤 열린 가게 문을 부수고 가게 밖으로 볼품없이 나동그라졌다.

가게 안의 상황이 궁금해 밖에서 서성이고 있던 사람들은 갑자기 사내가 가게 밖으로 튀어나오자 깜짝 놀라 뒤로 물러섰다.

가게 밖으로 나온 서윤은 한쪽에서 걱정스런 표정으로 쳐다보고 있는 우인을 향해 손짓했다.

"미안. 가게 문은 물어줄게."

"어? 어……."

이런 상황에서도 여유롭게 말하는 서윤을 보며 우인이 얼떨결에 대답했다.

그러는 사이 서둘러 몸을 일으킨 사내가 기형검을 들고 제대로 자세를 취했다.

기습이 통하지 않아 당황해 이런 볼썽사나운 꼴을 보였지만 제대로 하면 쉽게 당하지 않을 자신이 있었다.

그의 머릿속에는 이미 자신이 방탄지기라 착각한 서윤의 그 수법은 깨끗하게 지워져 있었다.

검을 겨눈 채 살벌한 눈빛으로 자신을 쳐다보고 있는 사내를 보며 서윤은 고개를 절레절레 흔들었다.

그러고는 천천히 그를 향해 걸어갔다.

서윤이 가까이 다가갈수록 사내는 조금씩 뒷걸음질 쳤다. 머리는 다가가 검을 휘두르라고 하는데 몸은 도망치고 있는 것이다.

서윤의 기도가 사내의 기도를 압도하고 있기 때문이다.

"마영방에서 두 번째로 강하다고 했던가? 거짓말인 것 같은데?"

서윤이 사내를 향해 다가가며 말했다.

그 말에 사내는 자존심에 상처를 입었다. 그러자 슬슬 분노가 치밀어 오르기 시작했다.

마영방이 귀주성에서 제법 이름을 날리는 흑도 방파가 될 수 있던 까닭은 다른 방파에 비해 이류급 무인이 많았기 때문이다.

부방주 역시 이류 수준의 무인이다.

그렇다는 건 어디에 가서도 대접받을 수 있는 수준이며 제법 고수 소리도 듣는다는 뜻이다.

그런 자신인데 자신보다 어려 보이는 상대에게 조롱에 가까운 소리를 들으니 화가 나는 건 당연했다.

하지만 서윤이 한 이야기는 진심이었다.

이는 서윤이 자라온 환경에 기인한 것이다.

서윤이 태어나서 제일 처음 본 무인이 신도장천이다.

중원에서 권왕이라 불리는, 그보다 강한 자가 없다는 신도장천.

그리고 서윤은 그에게 무공을 배웠다.

두 번째로 만난 무인은 설시연이다.

검왕 설백의 손녀이자 검왕의 진전을 이은 사람.

비록 설백의 실종으로 성장이 더뎠다고는 하지만 그녀 역시 상당한 고수였다.

절정은 아니더라도 능히 일류 수준이라 할 수 있는 실력.

그런 그녀와의 대련에서도 이긴 서윤이다.

그런데 이류 수준에 불과한 상대가 어찌 강해 보일 수 있을까.

그것을 모르는 부방주는 서윤이 자신을 조롱하는 것으로 생각할 수밖에 없었다.

"처음 무공을 배우던 날 할아버지가 내게 하신 말씀이 있지. 힘이 있다고 해서 약한 자를 핍박하지 말라고. 그런데 너희들은……."

서윤이 사내에게 다가가던 걸음을 멈추고 날카로운 눈빛으로 그를 노려보았다.

서윤의 시선에 사내는 심장이 오그라드는 것 같은 느낌을 받았다.

"어찌어찌하여 힘을 좀 가졌다고 사람들을 핍박하고 괴롭힐 궁리만 하는구나. 더구나 이 마을은 내가 나고 자란 마을이다. 네놈 같은 쓰레기들한테 짓밟혀 이미 한 번 희망이 꺾였던 마을이지. 그런 아픔을 겪고 다시 살아보겠다고 발버둥 치며 이렇게까지 가꿔놓은 마을에 네놈들은 재를 뿌렸다. 난 절대 그건 용서 못해.”

서윤의 말에 주변에 있던 사람들은 마음이 뭉클해지는 것을 느꼈다.

그리고 무엇보다도 든든한 마음이 들었다.

“개소리 집어치워!”

사내가 악에 받쳐 소리치며 검을 휘둘렀다.

하지만 화가 치밀어 오르고 악만 남아 휘두르는 검이 제대로 된 위력을 발휘할 리 없었다.

초식 없이 아무렇게나 휘두르는 검. 눈먼 검이나 다름없었다.

서윤이 사내의 검을 피하며 쾌풍보로 거리를 좁혔다.

그러고는 진기를 끌어올려 강풍파랑의 초식으로 주먹을 휘둘렀다.

정확히 복부를 가격하는 서윤의 주먹.

사내는 지독한 고통에 검을 떨어뜨리고 마치 물레방아가 돌 듯 허공을 몇 바퀴 회전하며 나가떨어졌다.

“웩!”

바닥에 떨어진 사내가 고통스러워하더니 이내 뱃속에 있던 것을 게워내기 시작했다.

서윤이 제대로 진기를 실어 초식을 펼쳤다면 사내는 의식을 잃거나 목숨을 잃었을지도 몰랐다.

하지만 서윤은 아직까지 상대의 목숨을 끊을 정도로 잔인하지 못했다. 물론 그런 생각을 해본 적도 없었다.

토악질을 하는 사내를 보며 마을 사람들은 시원한 감정을 느꼈다.

지금까지는 무공을 익힌 사람들 때문에 두려워하며 하라는 대로 할 수밖에 없던 그들이 자신의 편에 선 더욱 강한 힘에 기뻐하는 것은 당연했다.

자신을 향하는 시선을 뒤로한 서윤이 사내를 향해 다가갔다.

그러자 사내는 복부에서부터 올라오는 엄청난 통증에도 기다시피 하여 뒤로 물러났다.

하지만 서윤은 기어코 그에게 다가가 뒷덜미를 잡아 억지로 그를 일으켰다.

"가자, 너 같은 쓰레기들이 있는 곳으로."

그렇게 말한 서윤이 사내를 끌고 마영방 쪽으로 발걸음을 옮겼다.

서윤의 손에 뒷덜미를 잡힌 사내는 걷는 것이 아니라 거의 끌려가는 모습이다.

"따라가 보자."

누군가가 말했다. 그러자 그 말에 홀리기라도 한 듯 사람들이 하나둘 서윤의 뒤를 따라 마영방의 장원 쪽으로 발걸음을 옮겼다.

"옥아, 우리도 가보자."

우인이 소옥을 보며 말했다. 그에 소옥은 약간 겁에 질린 듯 고개를 저었다.

"구경 가자는 게 아니야. 우리는 어쩌면… 앞으로 큰일을 하게 될 사람을 친구로 두고 있는지 몰라. 그 시작을 내 두 눈으로 똑똑히 봐두지 않으면 평생 후회할 것 같아. 그래서 그래."

우인의 말에 소옥은 그의 두 눈을 빤히 바라보았다.

그의 눈빛은 차분했고, 그 안에는 확신이 있었다. 그런 우인의 눈빛을 보자 소옥의 마음도 차분해졌다.

"다녀오려무나. 네 오라비 말처럼 윤이가 장차 중원에서 어떤 사람이 될지는 모르겠지만 결코 평범하지는 않은 듯하구나."

우인의 아버지 역시 우인의 말에 동의했다. 그러자 소옥도 고개를 끄덕였다.

"서두르자."

우인이 소옥의 손을 잡고 달렸다.

"오랜 세월 장사하면서 많은 사람을 보고 그만큼 사람 보는 눈도 생겼다고 자부했는데 그게 아니었구나."

우인 아버지는 그렇게 중얼거리고는 가게 안으로 들어갔다.

우지끈!

마영방 장원의 정문이 박살 났다.

쇠를 덧대거나 한 것은 아니었지만 제법 두꺼운 나무로 크게 만든 문인데 그 문이 부서지자 안에 있던 마영방 방도들은 깜짝 놀랐다.

그리고 뒤이어 보인 모습에 그들은 한 번 더 놀랐다.

서윤에게 질질 끌려오는 부방주의 모습.

마영방 방도들에게 그 모습을 가히 충격적이었다.

마영방 내에서 방주를 제외하고 그를 이길 자가 없다는 고수인데 서윤의 손에 복날의 개처럼 끌려오는 모습을 보았으니 당연한 일이었다.

장원의 정문을 부수고 들어온 서윤은 부방주를 장원 한가운데로 던져 버렸다.

볼품없이 나뒹군 부방주는 제대로 몸을 일으키지 못했다.

"너희들은 오늘 이 마을을 떠났어야 했다."

서윤의 말에 방도들은 몸을 부르르 떨었다. 이는 어제 서윤에게 멱살을 잡힌 거한 역시 마찬가지였다.

거한을 비롯해 모두가 아무런 말도 못하고 충격에 빠져 있을 때 서윤이 손에 장갑을 꼈다.

설궁도가 선물하고 설시연이 이름을 새겨준 그 장갑이다.

장갑을 낀 서윤이 주먹을 몇 차례 쥐었다 폈다.

마영방도들에게 그 모습은 공포 그 자체였다.

서윤이 발걸음을 옮겼다.

이미 기세가 꺾인 마영방도들은 슬금슬금 뒷걸음질 치기

시작했다.

서윤의 눈빛이 번뜩이며 빠르게 앞으로 쏘아져 나갔다.

순식간에 마영방도 사이를 파고든 서윤이 주먹을 뻗었다.

진기를 머금은 주먹에 맞은 마영방도들이 추풍낙엽처럼 쓰러졌다.

한 번의 주먹질에 한 명씩.

뻗는 주먹에는 망설임이 없었다.

하지만 그렇다고 살심을 담지는 않았다.

사람 같지 않은 자들이라고, 쓰레기 같은 자들이라고 생각하지만 그렇다고 죽여야겠다는 생각은 들지 않았다.

아직은 제대로 무림에 발을 담그지 않은 서윤의 순수함이었다.

순식간에 열 명의 마영방도가 쓰러졌다.

그러자 그때부터는 이판사판이었다.

비록 서윤이 자신들이 어찌할 수 없을 정도로 강하다 하지만 동료들이 당하는데 가만있을 수는 없었다.

나름 험한 뒷골목 세계에서 잔뼈가 굵은 자들이 마영방도였다.

"으아아아아!"

기합인지 비명인지 모를 소리를 지르며 마영방도들이 우르르 서윤에게 달려들었다.

하지만 그 정도에 눈 하나 깜짝할 서윤이 아니었다.

저절로 펼쳐지는 쾌풍보.

떼를 지어 몰려드는 마영방도들의 좁은 틈 사이를 헤집고
다녔다.

초식을 펼칠 필요도 없었다.

눈으로 따라올 수 없는 빠르기와 진기를 실은 주먹질 한 번
이면 족했다.

장원 안에는 마영방도의 비명 소리밖에 들리지 않았다.

그리고 잠시 후, 장원 안에 서 있는 사람은 서윤과 어제의
그 거한뿐이었다.

거한은 움직이지 못했다.

움직일 수가 없었다.

두려움에 몸을 떨며 자신을 향해 다가오는 서윤을 바라보
고 있을 수밖에 없었다.

"너."

"히익!"

서윤이 자신을 부르자 놀란 거한은 그제야 뒷걸음질 쳤다.

"내일 날이 밝을 때까지 이곳을 떠나지 않으면 그땐 각오해
야 할 거야."

서윤의 말에 거한은 일단 고개부터 끄덕이고 봤다.

혼자 이들을 데리고 떠날 방법 따위는 생각할 수 없었다.

지금은 그저 자신이 살고 봐야 했다.

서윤이 몸을 돌렸다. 그러고는 차가운 표정으로 장원 밖으

로 나갔다. 우르르 몰려와 있던 마을 사람들은 존경 섞인 눈빛으로 서윤을 바라보았다.

"가자, 우인아."

"어, 그래!"

서윤의 말에 우인이 환한 표정으로 대답하며 뒤를 따랐다.

그 악명 높은 마영방에게 한 방 먹인 서윤이 자신의 친구라는 사실에 괜히 어깨가 으쓱해지는 그였다.

얼굴에 홍조가 피어오른 소옥 역시 우인과 함께 서윤을 따라 종종걸음으로 발걸음을 옮겼다.

우인의 가게에 도착한 서윤은 지필묵부터 찾았다.

마영방도들이 이 마을에서 사라지긴 하겠지만 그것도 잠시일 수 있었다.

그들이 귀주성 내에서 제법 세를 드높이고 있는 방파라면 오히려 더 강한 자들이 나타날 가능성도 있었다.

떠나라 경고했으나 부방주가 나타난 것을 보면 십중팔구 그럴 것이다.

그렇다면 언제까지고 서윤 혼자서 마을을 지켜낼 수는 없는 노릇, 도움을 청할 사람이 필요했다.

하지만 소속된 문파나 단체가 없는 서윤의 입장에서는 도움을 청할 곳이 마땅치 않았다.

오직 한 곳, 대륙상단뿐이었다.

'밝히지 않으려 했는데.'

조용히 이 마을에서 무공 수련을 하며 시간을 보내려던 서윤으로서는 대륙상단에 자신이 있는 마을의 위치를 알려야하는 지금의 상황이 씁쓸했다.

하지만 그렇다고 마을 사람들이 당하고 있는 걸 보고만 있을 수도 없는 노릇이다.

우인이 붓과 종이를 가져오자 서윤은 편지를 써 내려가기 시작했다.

도착하자마자 지필묵을 찾기에 일단 가져다주기는 했지만 무엇을 하려는지 모르고 있는 우인과 소옥은 그의 곁에서 힐끗힐끗 내용을 훔쳐보고 있었다.

숙부님, 그간 안녕하셨습니까.

저 윤입니다. 근시일 내에 연락드린다고 해놓고 이래저래 좀 늦었습니다.

안부 인사 먼저 드렸어야 하는 것이 도리인데 부탁드릴 일이 있어 이렇게 서찰을 보냅니다. 죄송합니다.

지금 제가 지내는 이 마을에서 작은 일이 하나 있었습니다.

…(중략)… 그러다 보니 도움이 필요한 상황인데 마땅한 곳이 없어 숙부님께 도움을 청합니다.

서윤 드림.

다 적은 서윤은 서철을 접으며 자리에서 일어났다.

"또 어디 가게?"

"다녀올 곳이 있어. 혹시 여기서 가장 가까운 대륙상단 지부가 어딘지 알아?"

"대륙상단 지부? 거기라면… 귀양(貴陽)까지는 가야 할 거 같은데?"

"귀양? 여기서 얼마나 걸릴까?"

"말 타고 가도 족히 열흘 이상은 걸릴걸."

우인의 말에 서윤의 표정이 심각해졌다.

열흘이면 너무 늦다. 그 시간이면 충분히 무슨 일이든 벌어질 수 있는 기간이었다.

"아, 그러면 되겠네."

그렇게 혼잣말로 중얼거린 서윤은 다시 우인에게 물었다.

"홍인현까지는 얼마나 걸리지?"

"거기는 가까운 편이지. 사흘 정도?"

"말 타고?"

"응. 근데 왜 그래? 대륙상단은 왜 찾고 홍인현은 왜 찾아?"

우인의 물음에 서윤이 미소를 지었다.

"별일 아니야. 일단 다녀와서 얘기하자."

"어떻게 가려고? 말도 없는데. 설마 걸어갈 거야?"

우인의 말에 서윤이 다시 한 번 씩 웃으며 말했다.

"아니, 뛰어갈 거야. 갔다 올게."

그렇게 말한 서윤이 가게 밖으로 나갔다.

우인의 가게 앞까지 서윤을 따라온 몇몇 마을 사람이 서윤이 밖으로 나오자 동경 어린 시선으로 그를 바라보았다.

부담스러운 마을 사람들의 눈빛에 서윤은 서둘러 그 자리를 벗어났다.

"내 친구예요!"

어느새 가게 밖으로 나온 우인이 어깨를 넓게 펴며 큰 소리로 외쳤다.

그러는 사이 서윤의 모습은 사라지고 없었다.

＊　　　　＊　　　　＊

무림맹 홍인 지부.

신도장천의 죽음 이후로 무림맹의 각 지부는 정신없이 바쁜 나날을 보내고 있었다.

거대 문파가 없는 귀주성의 지부들은 그 정도가 더욱 심했는데, 수상쩍은 것은 아주 작은 것이라도 놓치지 않으려는 노력 때문이었다.

홍인 지부의 지부장인 채륜(蔡綸)은 하루가 다르게 늘어가는 흰머리를 보며 매일같이 한숨을 내쉬고 있었다.

동경 뒤로 보이는 서류 더미를 바라보며 다시 한 번 한숨을 쉬고 있을 때, 밖에서 인기척이 들렸다.

"밖에 무슨 일 있나?"

"지부장님을 찾아온 손님이 있습니다."

"손님?"

채륜은 인상을 찌푸렸다.

맹에서 누군가가 온다는 이야기가 없었으니 사적으로 지부를 찾은 것이리라.

이렇게 바쁜 시국에 예정되지 않은 방문은 짜증만 치솟게 할 뿐이다.

"중요한 일이 아니라면 나중에 다시 오라 하게."

"저… 아무래도 만나보셔야 할 것 같습니다."

밖에서 들려온 목소리에 채륜은 더욱 인상을 찌푸렸다.

*   *   *

"십 년도 더 되었군. 그때의 그 꼬마가 이렇게 장성했을 줄이야. 그만큼 나도 늙었다는 거겠지."

채륜이 찻잔에 차를 따르며 말했다.

그의 맞은편에는 서윤이 앉아 있었다.

서윤이 무림맹 홍인 지부를 찾은 건 마영방의 일 때문이었다. 애초에 대륙상단에 도움을 청하려 하였으나 거리가 너무 멀어 난감해할 때 떠오른 곳이 바로 이곳이었다.

하지만 이곳에 온 것이 너무 오래전이라 채륜이 있을지, 있어도 자신을 기억할지는 자신이 없었다.

하지만 채륜은 서윤을 보자마자 알아보았다.

십 년이 넘는 시간이 흘렀지만 이목구비에 어릴 때의 모습이 어느 정도 남아 있었기 때문이다.

게다가 신도장천과 함께 찾아온 터라 인상이 강하게 남아 있던 것도 이유였다.

"권왕 선배님의 일은 안타깝게 되었네. 응당 가봤어야 하는데 그러지를 못했어."

"아닙니다. 괜찮습니다."

서윤이 씁쓸한 미소를 지으며 대답했다.

"그래, 찾아온 이유가 있다고 들었는데 무슨 일인가? 도울수 있는 일이면 무엇이든 돕겠네."

"마영방을 아십니까?"

"알고 있지. 귀주성 내에서 제법 세력을 넓혀가고 있는 흑도 방파가 아닌가."

"그럼 그들이 어떤 짓을 하고 다니는지도 알고 계십니까?"

"대충은 알고 있네."

채륜의 말에 서윤의 눈빛이 흔들렸다.

알고 있다니. 그런데도 방관하고 있단 말인가?

"마영방에 무슨 문제가 있나?"

"왜 그들을 가만두십니까?"

"무슨 일이 있었군. 자세히 말해보게나."

채륜의 말에 서윤이 한차례 심호흡을 하고 입을 열었다.

"얼마 전 제가 지내는 마을에 마영방이 들어왔습니다. 그러고는 마을 사람들에게 말도 안 되는 금액의 상납금을 요구하고 제 친구의 동생을 탐했습니다. 그리고 그들과 충돌이 있었습니다."

"그랬군. 계속해 보게."

"일단 그들에게 마을을 떠나라고 경고는 해놓았습니다만, 이대로 물러설 것 같지는 않습니다."

"흠……."

서윤의 이야기를 들은 채륜은 고개를 끄덕였다.

"무슨 이야기를 하는지 알겠네. 우선, 자네가 먼저 한 질문에 대한 답부터 하지. 왜 마영방을 가만 두는지."

"예."

"마영방에 대한 직접적인 이야기를 하기 전에 현 무림의 정세부터 설명해야겠군. 지금 무림은 전시라네. 전쟁 중이지. 다시 이 얘기를 꺼내야 해서 가슴 아프지만 권왕 선배님께서 돌아가시고 중원은 언제, 어디서 무슨 일이 벌어져도 이상하지 않을 만큼 팽팽한 상태라네. 불행인지 다행인지 아직까지 적들의 움직임은 포착되지 않고 있고."

서윤은 채륜의 이야기를 조용히 듣고만 있었다.

"정마대전이 벌어질지도 모를 상황이라 각 문파와 무림맹의 전력 대부분은 적의 움직임을 감시하는 데 투입되고 있네. 그것이 하나의 이유지."

다시 말해 마영방 같은 흑도 방파에까지 신경 쓸 여력이 없다는 뜻이었다.

"또 다른 이유는… 정마대전이 벌어지면 흑도 역시 우리에게 힘이 될 수 있기 때문이라네. 비록 그들 개개인의 실력이 엄청나지는 않다 하더라도 전력에 보탬이 되는 건 부인할 수 없는 사실이지. 저들의 심기를 건드리거나 전력을 약화시키는 일은 할 수 없다는 뜻이네."

채륜의 말에 서윤이 차를 한 모금 마셨다. 그러고는 물었다.

"그럼 이번 일에 무림맹은 나설 수 없다는 뜻입니까?"

"그렇게까지 말할 건 아니네. 우리 지부 사람들을 파견하겠네. 많은 숫자는 어렵지만 그래도 지부 무인 몇몇이면 마영방 정도는 충분히 견제가 가능할 것일세. 어떤가?"

채륜의 말에 서윤은 고개를 끄덕였다. 그 정도면 충분하다는 생각이다.

"알겠습니다. 감사합니다."

"더 적극적으로 도와주지 못해 미안하네."

"아닙니다. 그만 가보겠습니다."

그렇게 말하며 서윤이 자리에서 일어났다.

"벌써 가려는가? 조금 쉬었다 가지."

"아닙니다. 서둘러야지요. 저들이 어떻게 나올지도 모르는데."

그러면서 서윤이 품에서 서찰을 꺼냈다. 대륙상단에 보내려 한 그 서찰이었다.

"이걸 대륙상단에 전해주십시오."

"대륙상단에? 그러지. 누구 앞으로 보내는 것인가? 상단주?"

"예."

"알겠네. 언제든 도움이 필요하면 찾아오게."

"그러겠습니다."

서윤은 채륜의 집무실을 나와 무림맹 지부를 떠났다. 다시 마을로 발걸음을 옮기는 서윤의 표정은 어딘지 복잡해 보였다.

서윤이 떠나고 집무실에 홀로 남은 채륜은 눈을 빛내고 있었다.

"아무리 혹도 방파라지만 마영방을 상대로 혼자……. 권왕 선배님께 제대로 배운 모양이군."

그렇게 중얼거린 채륜이 차를 한 모금 마셨다.

*　　　　*　　　　*

마영방주는 몸을 부들부들 떨고 있었다.

극에 달한 분노.

그 원인은 자신 앞에서 제대로 고개도 들지 못하고 있는 부방주 때문이었다.

서 있는 것도 힘들어 보이는 모습.

그 모습이 마영방주의 분노를 더욱 끌어올리고 있었다.

"누군지도 모른다고?"

"그, 그렇습니다."

마영방주의 물음에 부방주가 겨우 대답했다.

"그러니까 어디서 나타났는지도 모르는 새파란 애송이한테 부방주는 물론이고 같이 간 놈들까지 깡그리 당했다는 말이지?"

"그, 그렇습니다."

부방주는 많이 힘들어 보였다. 비단 서윤에게 당한 것 때문만은 아니었다.

마영방주의 몸에서 뿜어져 나오는 살기를 감당하기 어려운 까닭이었다.

"정파 놈들이나 무림맹 놈들 짓은 아니고?"

"아닌 것 같습니다. 마을 사람들도 그가 무공을 익혔다는 걸 모르고 있는 것 같았습니다."

부방주의 대답에 마영방주가 분노를 삭이려는 듯 눈을 감았다.

"당장 애들 모아. 어중이떠중이 말고 실력 있는 놈들로."

"직접… 나서실 생각입니까?"

부방주의 물음에 마영방주의 눈썹이 들썩였다.

"그럼 부방주가 당했는데 누굴 보내야 하지?"

비꼬는 듯한 마영방주의 물음에 부방주는 아무런 말도 하지 못했다.

"두 번 말하게 하지 마라. 애들 모아. 정오에 출발한다."

"알겠습니다."

부방주가 서둘러 물러났다.

그가 있던 방에는 화를 가라앉히려는 듯 씩씩거리는 마영방주의 숨소리만 들릴 뿐이다.

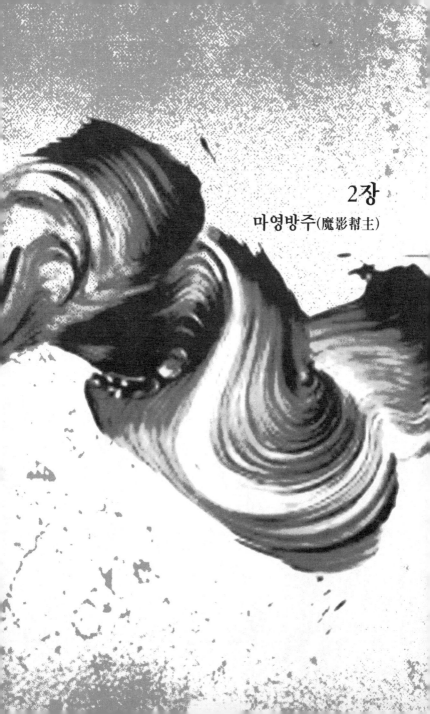

2장
마영방주(魔影幇主)

風神徐閏

풍신서윤

왕복 엿새가 걸리는 거리를 서윤은 나흘 만에 다녀왔다.

이틀이나 앞당겨 다녀온 서윤을 본 우인은 벌어진 입을 다물지 못할 정도로 놀란 표정을 지었다.

물론 마영방과의 싸움에서 서윤의 빠르기가 눈으로 좇을 수 없을 정도로 빠르다는 건 알고 있었지만 이 정도까지 빠를 줄은 몰랐던 까닭이다.

대단한 무공을 익혔다는 건 어림짐작했지만 새삼 서윤의 실력이 생각한 것보다 더 대단할지도 모른다는 생각을 하는 우인이다.

마을에 도착한 서윤은 우인의 집에서 계속 신세를 질 수 없어 일단 집으로 돌아갔다.

계속 있어도 된다는 우인의 호의도 사양하며 집으로 돌아온 서윤은 며칠 비웠다고 을씨년스러운 기운이 감도는 집을 보며 한숨을 내쉬었다.

집이 있는 산과 마을까지의 거리는 한 시진은 족히 걸리는 거리였지만 서윤에게 그 정도 거리는 아무것도 아니었다.

아침에 눈을 뜨면 마을로 향하기를 나흘이 지난 날.

서윤은 어김없이 아침 운기를 마친 후 마을로 발걸음을 옮겼다.

풍령신기가 혈맥 구석구석을 뛰어다니는 좋은 느낌에 미소를 지으며 마을에 도착한 서윤은 곧장 느껴지는 긴장감에 미소를 지웠다.

마을 사람들의 모습은 보이지 않았다.

텅 빈 거리에서 느껴지는 기운이 마치 며칠 집을 비웠다가 돌아왔을 때만큼이나 을씨년스러웠다.

서윤은 곧장 우인의 가게로 향했다.

역시나 텅 비어 있는 가게.

손님이 없을 수는 있어도 주인은 자리를 비우지 않는 법이건만 우인과 소옥은 물론이고 주방에도 사람이 없었다.

"그놈들인가."

서윤이 이를 갈았다.

아직까지 무림맹 홍인 지부에서 사람이 도착하지 않은 상황.

그렇다면 지금 이 상황을 해결할 사람은 자신밖에 없다는 뜻이다.

서윤은 품에서 장갑을 꺼내 꼈다.

손을 감싸는 가죽의 차가운 기운이 손을 타고 온몸으로 퍼져 나갔다.

"후……."

크게 심호흡을 한 서윤이 발걸음을 옮겼다.

마영방의 장원 쪽으로 발걸음을 옮기는 서윤의 눈에는 서늘한 기운이 감돌고 있다.

쾅—!

서윤이 거칠게 마영방의 장원 문을 열고 들어갔다.

안에서는 이미 서윤이 올 것에 대비하고 있었는지 족히 백명은 되어 보이는 마영방도들이 도검을 든 채 서윤을 맞이했다.

그들 뒤로 서윤을 정면으로 바라보는 자리에는 일전에 본거한보다 더 거대한 덩치를 가진 사내가 의자에 앉아 있었다.

얼마나 덩치가 큰지 제법 크고 튼튼하게 만들어진 의자임에도 금방이라도 부서질 듯 보였다.

"네놈이 그 애송이 놈이구나."

마영방주가 걸걸한 목소리로 말했다.

크게 소리친 것도 아닌데 덩치만큼이나 큰 목소리가 장원 내에 쩌렁쩌렁 울려 퍼졌다.

"마을 사람들은 어딨지?"

"말을 안 들었으면 벌을 받아야지."

서윤의 물음에 제대로 된 대답을 하지 않는 마영방주를 노려보던 서윤이 빠르게 장내를 훑었다.

어딘가에 가둬놓았을 것이라 생각했으나 사람들이 갇혀 있을 것으로 보이는 곳은 눈에 띄지 않았다.

"얘들아! 마영방이 얼마나 무서운 곳인지 한번 보여 주려무나!"

마영방주의 목소리에 마영방도들이 슬금슬금 서윤을 향해 다가섰다.

이미 두 차례나 마영방도들을 때려눕힌 전력이 있는지라 섣불리 달려드는 자는 없었다.

서윤은 자신을 향해 거리를 좁혀오는 마영방도들을 훑었다. 지난 두 번과 달리 제법 실력이 있는 듯 보이는 자들이다.

'쉽진 않겠군.'

그전까지 상대한 마영방도들은 사실 무림인이라 보기 어려운 수준이었다.

뒷골목 싸움꾼 정도의 실력이랄까.

하지만 지금 눈앞에 있는 자들은 하단전에 내력이라는 걸

어느 정도 쌓고 있는 듯 보였다.

하단전에 그릇을 만들고 내력을 쌓은 것과 그렇지 않은 것에는 큰 차이가 있다.

신체적인 능력은 물론이고 공수를 하는 데 있어서 움직임과 위력도 비할 바가 아니다.

'얼마나 통할까?'

서윤이 속으로 중얼거렸다.

이런 상황에서도 서윤은 자신의 실력이 얼마나 통할지 궁금했다.

호기심, 아니, 호승심.

무공을 익힌 무인으로서의 순수한 마음이라 할 수 있다.

특히나 무공을 익힌 후 제대로 된 전투를 치러본 적이 없는 서윤에게 지금 이 순간은 흥분 그 자체로 다가오고 있었다.

씨익!

서윤의 입가에 미소가 번졌다.

그리고 그 순간 서윤이 사라졌다.

찰나의 순간에 이뤄진 급가속.

시작부터 극성으로 펼쳐 내는 쾌풍보였다.

사라진 서윤은 어느새 백 명의 마영방도 사이를 파고든 상태였다.

갑자기 서윤이 눈앞에 나타나자 깜짝 놀란 마영방도는 뒤로 몇 걸음 물러서면서도 들고 있던 검을 휘둘렀다.

확실히 이전과는 다른 반응.

하지만 그 정도로는 서윤을 어찌할 수 없었다.

한 번의 내디딤으로 그의 검로를 틀어막은 서윤이 일권을 질렀다.

주변의 공기를 빨아들였다가 한 번에 토해내는 주먹.

강풍파랑의 초식이다.

파앙—!

작지만 넓게 퍼지는 파공음.

꿀렁거리는 주변 공기에 중심이 흐트러진 마영방도 몇 명이 서윤의 주먹에 비명을 지르며 쓰러졌다.

한 번의 공격으로 공간을 만든 서윤은 지체하지 않고 주먹을 뻗었다.

연이어 펼쳐지는 강풍파운과 관풍뇌동의 초식.

주변의 공기가 서윤의 몸을 중심으로 무겁게 응축되었다가 삽시간에 주변으로 터져 나갔다.

진기를 많이 실을 필요도 없었다.

풍절비룡권의 묘리를 한껏 응용하여 터뜨리는 기압과 풍압만으로도 마영방도들은 추풍낙엽처럼 쓰러졌다.

엄선해 데려온 자들이었지만 서윤이 펼쳐 내는 풍절비룡권 전반 삼 초식도 감당하지 못하고 있었다.

방도들이 나가떨어지는 모습을 두 눈으로 똑똑히 보고 있음에도 마영방주의 표정에는 변화가 없었다.

팔걸이에 팔꿈치를 대고 큰 손에 무거운 턱을 괸 채 눈앞의 광경을 바라보는 그의 얼굴에서 긴장감은 찾아볼 수 없었다.

오히려 여유가 느껴지는 표정이다.

한 식경.

백 명의 마영방도를 쓰러뜨리고 서윤 혼자 우뚝 서기까지 걸린 시간이다.

"한 가닥 믿는 구석이 있었구나."

마영방주가 걸걸한 목소리로 말하며 자리에서 일어났다.

그러자 이제야 살 것 같다고 소리치는 듯 그가 앉아 있던 의자가 심하게 요동쳤다.

마영방주가 서윤을 향해 한 걸음 내디뎠다.

쿵!

무게 때문인지 큰 소리가 울리며 마치 땅이 진동하는 것 같은 착각이 들었다.

서윤은 가만히 호흡을 골랐다.

짧은 순간 빠르고 격하게 움직여 가빠진 호흡은 활발하게 몸속을 도는 풍령신기 덕분에 완전히 가라앉은 상태였다.

"예상치 못한 곳에서 방해를 받을 줄은 몰랐군."

"마을 사람들은 어디 있지?"

서윤이 낮은 목소리로 물었다.

하지만 마영방주는 대답 대신 히죽 웃어 보였다.

궁금하면 나를 쓰러뜨려라. 자신감의 발로이자 명백한 도발이었다.

서윤은 몇 차례 주먹을 쥐었다가 폈다. 차가운 기운이 감돌던 장갑은 어느새 서윤의 몸에서 뿜어져 나오는 열기에 온기를 머금고 있었다.

서윤의 다리가 바닥을 쓸었다.

다시금 처음부터 속도를 올린 쾌풍보.

순식간에 거리를 좁힌 서윤이 풍절비룡권의 초식을 쏟아냈다.

주변의 공기가 요동쳤다.

그리고 뻗어나가는 주먹.

아까와 달리 진기를 머금은 주먹이 강맹한 위력을 뿜내며 마영방주의 몸통을 가격했다.

터엉~!

서윤의 주먹이 튕겨졌다.

중심을 잃은 서윤은 뒤로 몇 걸음 물러섰고, 제자리에 서 있는 마영방주의 입가에는 비릿한 미소가 번져 있다.

'육신을 치는 감촉이 아니었다.'

마치 단단한 돌덩이를 내려치는 것 같았다.

물컹물컹한 살로 뒤덮여 있을 것만 같은 마영방주의 몸이 사실은 그렇지 않은 모양이다.

서윤은 더욱 진기를 끌어올렸다.

이 정도로 안 된다면 더욱 강하게, 단단하다면 그것보다 더 강한 위력으로 부숴 버리면 그만이다.

서윤의 주먹이 격풍류운의 초식을 뿌렸다.

처음으로 펼치는 중반 삼 초식.

그 위력은 전반 삼 초식에 비할 바가 아니었다.

서윤이 뿌려낸 격풍류운의 초식이 마영방주의 몸을 부숴놓을 듯한 위력으로 날아들었다.

스윽.

마영방주의 다리가 움직였다.

어느새 그의 양손에는 기형의 도가 들려 있다.

서석!

날카롭게 휘둘러지는 마영방주의 쌍도(雙刀).

서윤의 팔이 그대로 동강 날 것 같은 찰나 서윤의 권로(拳路)에 변화가 생겼다.

쾌풍보로 펼쳐 내는 진격과 함께 새롭게 뻗어내는 주먹.

건룡초풍의 초식이다.

아직까지 펼쳐 내지 못하는 후반 이 초식을 제외하고 서윤이 선보일 수 있는 가장 강한 초식.

먼저 펼친 격풍류운의 주먹이 마영방주의 도를 무력화시킴과 동시에 건룡초풍의 초식이 허점을 파고들었다.

스슥.

마영방주의 다리가 움직였다.

처음으로 제대로 펼치는 보법.

그러자 거대한 그의 몸이 마치 얼음 위에서 미끄러지듯 빠르고 부드럽게 거리를 벌리며 물러섰다.

예상하지 못한 마영방주의 움직임에 서윤은 적잖이 당황했지만 겉으로 내색하지는 않았다.

다만 거리가 떨어진 틈을 타서 잠시 호흡을 골랐다.

'실력이 뛰어나다. 저 덩치에 저런 움직임이라니.'

서윤이 마영방주를 쳐다보며 속으로 생각했다.

"그저 그런 흑도 방파의 방주쯤으로 생각하면 곤란해. 조심하는 게 좋을 거야."

그렇게 말하는 마영방주는 왠지 기분이 좋아 보였다.

웃고 있는 얼굴만 봐도 진심이 느껴질 정도이다.

'쉽지 않겠어.'

서윤은 늘어뜨린 팔을 위아래로 털어 어깨를 풀며 생각했다.

*　　　　*　　　　*

홍인 지부를 떠나온 구양경(歐陽慶)은 내심 유람을 떠나는 기분을 만끽하고 있었다.

이는 그를 따라나선 아홉 명의 무인도 마찬가지였는데, 그만큼 지부에 있으면서 정신없이 지낸 시간이 고달팠기 때문이다.

지부를 떠나던 날, 자신들을 부러운 시선으로 바라보던 동료들의 시선을 떠올리니 자연스레 입가에 미소가 번졌다.

그런 기분으로 마을에 도착한 그들은 미소를 지웠다.

텅 빈 마을.

무언가 심상치 않은 기운이 감돌고 있었다.

오기 전 채륜으로부터 마영방에 대한 이야기를 들은 구양경은 무슨 일이 벌어졌음을 직감하고 곧장 수하들에게 명령을 내렸다.

"둘은 장원을 찾아라! 나머지는 마을을 살펴보고!"

"알겠습니다."

구양경을 따라온 수하들 역시 마을의 분위기가 좋지 않음을 느끼고 있던 터라 그의 명령을 바로 실행에 옮겼다.

약 일 각의 시간이 흐른 후, 마을을 살펴보기 위해 흩어졌던 수하들이 먼저 도착했다.

"아무도 없습니다. 시체도 없는 것으로 보아 마을 사람들 모두가 어디론가 끌려간 것 같습니다."

"흠……."

구양경이 심각한 표정을 짓고 있을 때, 장원을 찾기 위해 떠난 두 사람이 달려왔다.

"이쪽입니다!"

"가자! 모두 전투태세를 갖추도록!"

구양경의 말에 수하들이 검을 뽑아 든 채 장원 쪽으로 달려갔다.

장원에 도착한 구양경이 목도한 것은 두 사람의 치열한 싸움이었다.

한 쌍의 기형도를 휘두르며 살벌한 기세를 뿜어내는 마영방주와 용케도 쌍도를 피하며 위력적인 권격을 뿌려대는 서윤의 모습이다.

지금 눈앞에서 펼쳐지고 있는 싸움이 얼마나 치열했는지는 두 사람의 모습만 봐도 알 수 있었다.

서윤은 산발에 옷자락 곳곳이 찢겨 있었으며 그 틈으로 상처에서 흐른 피가 굳어 있다.

마영방주 역시 서윤의 주먹에 제법 타격을 입은 듯 움직임이 자연스럽지 못했다.

겉으로 보기에는 자상이 있는 서윤이 더 큰 타격을 입은 듯 보였지만 실상은 그렇지 않았다.

마영방주가 입은 내상은 상당했는데 그럼에도 이 정도까지 움직일 수 있는 것은 대단한 일이라 할 수 있었다.

반면 서윤 역시 내상을 입기는 했으나 마영방주보다는 가벼운 편에 속했다. 그나마도 풍절비룡권과 쾌풍보를 펼치는 데 사용되는 진기를 제외한 한 줄기 바람이 서윤의 내상을 치료하는 중이다.

"세상에!"

구양경은 놀라움을 금치 못했다.

두 사람의 대결도 놀라웠지만 일개 흑도 방파의 방주에 불과한 자의 무공이 이리도 강할 줄은 생각지도 못했다.

'지금껏 마영방에 대해… 마영방주에 대해 가지고 있던 모든 정보를 수정해야겠다.'

구양경이 그렇게 생각하고 있을 때, 서윤과 마영방주의 싸움은 막바지로 치닫고 있었다.

쾌풍보가 서윤의 신형을 자연스럽게 이끌었다.

그 순간 서윤의 눈이 날카롭게 빛났다.

쾌풍보가 이끈 그 위치의 끝에는 마영방주의 허점이 고스란히 노출되어 있었다.

서윤이 주먹을 뻗었다.

다시 한 번 펼쳐지는 건룡초풍의 초식.

이 한 번의 일격으로 끝내겠다는 듯 주먹에 실린 위력이 상당했다.

터엉~!

서윤의 주먹에 실린 진기가 주변의 공기와 함께 마영방주의 육신 바로 앞에서 터졌다.

언뜻 처음 서윤이 마영방주의 몸을 타격했을 때와 비슷한 파공음이 울려 퍼졌지만 실은 달랐다.

그 일격을 끝으로 마치 그 무엇도 막아낼 수 있는 갑주처럼 마영방주의 몸을 둘러싸고 있던 무언가가 깨져 나갔다.

"크헉!"

마영방주의 입에서 짧은 비명이 터져 나왔다.

그와 함께 그의 육중한 몸이 뒤로 넘어갔다.

쿠웅~!

굉음이 장원을 울렸다.

서윤은 그 앞에서 거친 숨을 몰아쉬고 있었다.

풀썩!

다리가 풀린 서윤이 그 자리에서 무릎을 꿇었다. 그것을 본 구양경이 서둘러 서윤에게 달려갔다.

"이보시오! 괜찮소?"

"마을 사람들… 찾아야……."

그렇게 말한 서윤이 고개를 숙였다. 깜짝 놀란 구양경은 서둘러 서윤의 맥을 짚었다.

조금 불규칙하기는 하지만 서윤의 맥은 정상에 가까웠다.

기력을 소진한 탓에 잠시 의식을 잃은 것이리라.

"장원 안을 뒤져라! 마을 사람들을 찾아!"

구양경의 외침에 수하들이 뿔뿔이 흩어져 장원 안을 수색하기 시작했다.

그리고 얼마 지나지 않아 장원 깊숙한 곳의 옥사에 갇혀 있는 마을 사람들을 발견하고 모두 풀어주었다.

옥사에 갇혀 벌벌 떨고 있던 마을 사람들은 안도와 기쁨에 우르르 몰려나왔다.

그리고 곧 쓰러져 구양경의 품에 누워 있는 서윤을 발견했다.

기쁜 마음에 소리를 지르며 달려 나오던 사람들이 서윤의 모습을 보고 일순간 조용해졌다.

아니, 숙연해졌다.

자신들을 구하기 위해 서윤 혼자 치열한 싸움을 벌였다는 것 정도는 바보천치가 아니면 다 알 수 있었다.

고마움과 미안함을 담은 시선으로 서윤을 바라보고 서 있는 사람들의 틈을 뚫고 우인과 소옥이 모습을 드러냈다.

그들 역시 쓰러져 있는 서윤을 보고 놀람과 걱정스러운 마음을 얼굴에 고스란히 드러낸 채 달려갔다.

"윤아!"

서윤의 곁으로 달려간 우인은 서윤을 붙들고 그의 이름을 불렀고, 그 옆에서 소옥은 눈물을 글썽였다.

그런 두 사람에게 구양경이 차분하게 말했다.

"힘든 싸움을 한 탓에 기력이 쇠해 잠시 의식을 잃은 것입니다. 곧 깨어날 테니 걱정 마십시오. 우선 자상부터 치료해야겠습니다."

"내가, 내가 하겠소! 나 의원이오!"

노인 한 명이 앞으로 나서며 말했다. 십여 년 전보다 더 늙은 모습이지만 신도장천이 처음 서윤의 집에 왔을 때 그를 치료한 바로 그 의원이었다.

우인이 서윤을 들쳐 업었다. 그 곁을 소옥과 의원, 그리고 마을 사람들이 우르르 따라갔다.

그 모습을 보고 있던 구양경이 나직이 중얼거렸다.

"역시 권왕의 후계자란 말인가."

그렇게 중얼거리며 멀어지는 서윤과 마을 사람들을 보고 있던 그는 수하들과 함께 뒤처리를 하기 시작했다.

의식을 잃은 마영방주와 방도들을 한쪽에 차곡차곡(?) 모아 놓은 구양경과 그의 수하들은 마을에 있는 객점에 짐을 풀었다.

비록 그들이 한 것은 없었지만 무림맹에서 왔다는 이야기에 객점 주인은 하루치 방값을 깎아주었다.

그러지 않아도 된다고 한사코 만류했지만 객점 주인은 끝까지 돈을 받지 않았다.

그들이 마을에 도움을 주기 위해 왔다는 이유도 있었지만 실상 서윤 덕분에 위험한 고비를 넘긴 탓에 기분이 좋아 무엇이든 퍼주고 싶은 마음이 가장 컸다.

그렇게 하루가 마무리되고 있었다.

구름에 달이 가려 유난히 어두운 밤.

의식을 찾기는 했으나 제대로 움직이지 못하는 마영방도들이 있는 마영방의 장원 지붕 위에 정체 모를 두 사람이 쭈그리고 앉아 있다.

어두워서 제대로 된 모습을 확인할 수는 없었으나 한 명은 키가 굉장히 커 보였고 다른 한 명은 반대로 굉장히 작아 보였다.

"마령인(魔靈刃)이 아깝구나!"

"거봐. 저놈은 그릇이 안 된다니까. 저 몸뚱이로 이 정도면 대단한 거야. 아니, 기적이지. 그런데 이 이상은 무리야, 무리."

그렇게 짧은 대화를 나눈 두 사람은 잠시 그렇게 지붕에 앉아 있었다. 그러다가 키가 작은 사람이 다시 입을 열었다.

"근데 그놈, 권왕이 키운 거겠지?"

"그렇겠지. 딱 봐도 풍절 뭐시기같아."

"생각보다 별로던데 저런 놈이랑 싸우면서 그 정도라니."

키 작은 사람의 말에 키 큰 사람이 고개를 저었다.

"그게 아니지. 경험 차이야, 경험 차이. 어린놈이 경험만 쌓았으면 이렇게 길게 가진 않았을걸. 저 돼지 놈이야 그래도 뒷골목에서 숱하게 쌈박질을 하고 다닌 놈이니까 그 경험도 무시할 순 없지."

그들의 말처럼 무공의 수준만 따지자면 마영방주는 서윤의 상대가 될 수 없었다.

하지만 서윤은 상대적으로 경험이 부족했다.

거기에 마영방주는 서윤을 죽이기 위해 달려들었고 서윤은 그렇지 않았다.

그 차이가 마영방주로 하여금 싸움을 대등하게 끌고 갈 수 있는 원동력이 되었다.

"아무튼 저 녀석은 아직 쓸모가 좀 있으니 데려가야지. 니가 들어라."

키 큰 사람이 자리에서 일어서더니 곧장 사라졌다.

방심하는 사이에 큰 짐을 떠안아 버린 키 작은 사람은 화를 참으며 마영방주를 들쳐 업기 위해 지붕에서 뛰어내렸다.

다음 날.

눈을 뜬 구양경은 간단하게 요기를 마친 뒤 서윤이 있는 의원으로 발걸음을 옮겼다.

수하들에게는 장원으로 가 마영방주와 방도들의 상황을 살피라 명령해 놓은 상태였다.

의원에 도착한 구양경은 일하는 시동의 안내를 받아 서윤이 누워 있는 방을 찾았다.

서윤은 한결 편해진 안색으로 잠에 빠져 있었다.

그리고 그 곁에는 우인과 소옥이 불편한 자세로 쪽잠을 자고 있다.

'나중에 다시 와야겠군.'

속으로 그렇게 중얼거린 구양경은 그들이 깨지 않도록 조용히 방문을 닫고 나왔다.

[대주님, 장원으로 가보셔야 할 듯합니다.]

의원 문을 나서는 구양경에게 수하의 전음이 들려왔다. 어투에서 무언가 심상치 않음을 느낀 구양경은 서둘러 장원으로 발걸음을 옮겼다.

"이럴 수가!"

장원에 도착한 구양경은 눈앞에 펼쳐진 광경에 경악을 금치 못했다.

장원 곳곳에 널려 있는 시체, 마영방도들의 시체였다.

분명 어제 자신이 본 마영방도들은 심한 부상을 입었을 뿐 목숨에 지장이 있는 수준은 아니었다.

서윤이 살심을 품고 무공을 펼친 것이 아니었기 때문이다.

'누구의 짓인가?'

구양경은 자신도 모르게 몸이 부들부들 떨리는 것을 느꼈다.

마영방도들이 죽은 것 때문이 아니었다.

난자되어 있는 시체들.

그 상태만 봐도 흉수의 잔학무도함을 알 수 있었다.

"마영방주는?"

"장원 안에 없는 듯합니다."

수하의 대답에 구양경은 고개를 끄덕였다. 그 정도 덩치라면 시체가 눈에 안 띄는 것이 이상한 일이다.

'마영방주의 짓인가?'

그렇게 생각한 구양경은 이내 고개를 저었다.

아무리 마영방주의 성정이 포악하다 하여도 수하들을 이렇게 잔인하게 떼로 죽일 정도는 아니었다.

'가벼이 넘길 사안이 아니다.'

그렇게 생각한 구양경은 곧장 수하들에게 말했다.

"즉시 지부에 연락을 취해라. 그리고 마영방의 행보도 자세히 살피라 전하고."

"알겠습니다."

수하 한 명이 서둘러 장원을 떠났다.

"나머지는 가지고 있는 화골산을 모두 써서라도 시체를 정리하도록."

"예!"

구양경의 수하들이 곧장 장원 곳곳으로 흩어졌다. 구양경은 다시 장원을 나서서 서윤을 만나기 위해 의원으로 달려갔다.

다시 의원에 도착하자 우인과 소옥이 깨어 있었지만 서윤은 아직 자고 있었다.

구양경을 본 우인과 소옥이 자리에서 일어나 그를 맞았다.

"서 소협은 아직 자고 있군요."

구양경의 입에서 소협이라는 말이 나오자 어리둥절해하던 두 사람은 이내 서윤을 걱정스러운 표정으로 바라보았다.

"의원 할아버지 말씀으로는 곧 깨어날 거라고 하셨어요."

소옥의 말에 구양경이 고개를 끄덕였다.

"잠시 앉아도 되겠습니까?"

"아, 물론입니다. 이리로 앉으세요."

우인이 서둘러 구양경에게 자리를 권했다.

"몇 가지 여쭤도 되겠습니까?"

"예, 물어보세요."

우인의 대답에 구양경이 조심스레 질문을 던졌다.

"마영방이 이곳으로 온 지 얼마나 됐습니까?"

"이십 일 정도 되었습니다."

"혹시 무슨 이상한 점은 못 느끼셨습니까?"

구양경은 질문을 해놓고도 큰 기대를 하지 않았다. 이십 일 정도밖에 안 되었고, 무림인이 아닌 평범한 사람이 이상한 점을 느끼기는 어려울 것이라는 생각이 들었다.

역시나 우인은 고개를 저었다.

"잘 모르겠습니다."

"그렇군요."

'하긴 마영방주의 무위가 그 정도나 된다는 것 자체가 이상한 점이지.'

구양경은 전날 마영방주의 말도 안 되는 무위를 보고도 더 깊게 생각하지 못한 자신의 안일함을 탓했다.

물론 싸움이 끝난 직후 서윤도 쓰러졌고 마을 사람들도 붙잡혀 있었기에 경황이 없었다고는 하지만 차후 좀 더 세밀하게 살필 수도 있었다.

'너무 가벼이 마음먹고 왔구나.'

구양경이 그렇게 자책하는 사이, 서윤이 서서히 눈을 떴다.

"정신이 좀 들어?"

서윤이 눈 뜨는 것을 가장 먼저 본 우인이 그에게 물었다.

"어, 괜찮아. 여긴 어디야?"

"의원이야. 하루를 꼬박 잤어, 너."

"그래?"

짧게 대답한 서윤은 자신을 걱정스럽게 바라보는 우인과 소옥을 향해 걱정 말라는 듯 미소를 지어 보였다.

실제로 서윤의 내상은 말끔하게 나은 상태였다.

"괜찮으십니까?"

세 사람의 짧은 대화가 끝나자 구양경이 서윤에게 말을 걸었다.

"아, 무림맹에서 오신 분이시군요. 괜찮습니다."

그렇게 말하며 서윤이 몸을 일으키려 했다.

"괜찮습니다, 누워 계셔도."

"아닙니다. 멀쩡합니다."

그렇게 말하며 서윤이 상체를 일으켜 앉았다.

"다행입니다. 저희가 조금만 더 빨리 왔어도……."

"아닙니다. 잘 끝났으니 됐습니다. 마영방주와 방도들은 어떻게 됐습니까?"

서윤의 질문에 구양경이 살짝 얼굴을 굳히며 말했다.

"그들은 마을에 없습니다."

"그렇군요."

구양경의 말에 서윤이 고개를 끄덕이며 대답했다.

하지만 서윤은 자신의 질문에 답하는 구양경의 표정에서 무언가를 느꼈다.

"둘은 잠깐 자리 좀 비켜줄래? 이분과 할 얘기가 좀 있어서."

"어? 어, 그래. 옥아, 나가자."

서윤의 부탁에 우인이 소옥을 데리고 나갔다.

"감사합니다. 홍인 지부에서 온 구양경이라고 합니다. 인사가 늦었습니다."

"서윤입니다."

구양경의 인사에 서윤이 짧게 대답하고는 곧장 질문했다.

"마영방에 무슨 일이 생겼습니까?"

"말씀드린 것처럼 그들은 이 마을에 없습니다. 누군가에게 모두 죽임을 당했습니다."

구양경의 대답에 서윤의 눈이 크게 뜨였다. 죽었다니.

"누구의 짓입니까?"

"마영방주의 시체가 보이지는 않지만 그의 짓이라고는 생각되지 않습니다. 아무래도 정체를 알 수 없는 흉수가 마영방도들을 모두 죽인 뒤 마영방주를 데리고 사라진 것 같습니다."

구양경의 말에 서윤은 믿을 수 없다는 표정을 지었다.

"저희도 지금 이 사실이 믿기지 않습니다. 사실 어제 본 마영방주의 무위는 저희가 파악하고 있는 수준을 상회하는 실력이었습니다. 거기서부터 이상한 점을 느꼈어야 했는데……. 분명한 것은 심상치 않은 일이 벌어질 것이라는 점입니다. 그리고……."

구양경이 잠시 말을 끊고 머뭇거렸다. 그러자 서윤이 그의 말을 받았다.

"할아버지의 죽음과 관련 있는 자들의 소행일 수 있다는 것이군요."

"그렇습니다."

사실 구양경은 그렇게 예측하는 수준을 넘어 확신하고 있었다. 하지만 그렇게까지 말해 서윤으로 하여금 힘든 기억을 떠올리게 하고 싶지는 않았다.

"그렇군요."

고개를 끄덕인 서윤이 잠시 무언가를 생각하는 듯하더니 입을 열었다.

"제 터전은 이 마을입니다."

"알고 있습니다."

"그래서 이 마을이 위험해지는 것은 원치 않습니다. 그래서 묻고 싶은 것이 있습니다."

"물어보십시오."

"제가 이 마을에 있는 것이 마을 사람들을 위험에 빠뜨리는 일입니까?"

서윤이 진지하게 물었다.

비록 많은 것이 바뀌었다고는 하지만 이 마을은 어린 시절의 추억이 있는 곳이다.

이미 한차례 도적들에게 짓밟혔던 마을이 또다시 위험에 빠지는 것은 원치 않았다.

그리고 자신이 이 마을에 있는 것이 마을을 위험에 빠뜨리는 일이라면 주저하지 않고 떠날 생각도 있었다.

"확신할 수 없습니다. 아직 저희도 적의 의중이나 행적을 파악하지 못하고 있기 때문입니다."

구양경은 솔직하게 대답했다.

그의 대답에 서윤이 잠시 생각에 잠겼다. 그러고는 곧 고개를 들며 구양경에게 말했다.

"혹여 그들에 대해 알게 되는 것이 있다면 저에게도 얘기해 주셨으면 합니다. 제가 마을을 떠나는 것이 최선이라면 그렇게 하겠습니다."

"그러겠습니다. 저희도 당분간은 이 마을에 머물 예정입니다. 일단 이번 일에 대해서는 지부에 보고가 들어갔으니 곧 후속 조치가 취해질 겁니다."

"예, 감사합니다."

그렇게 말하며 서윤이 고개를 숙였다. 구양경 역시 서윤에게 고개를 숙이며 속으로 생각했다.

'성장인가.'

그의 생각처럼 서윤은 이번 일로 한 단계 성숙하고 성장했다.

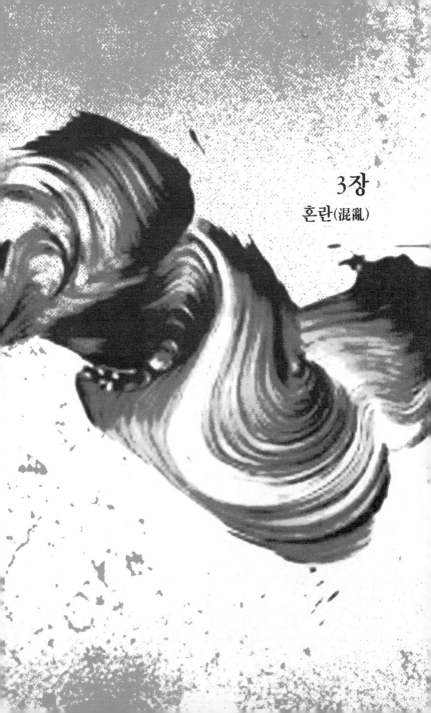

3장

혼란(混亂)

風神徐潤

풍신서윤

마영방과의 소란이 있고 보름 후.

구양경과 그의 수하들은 일단 지부로 돌아갔다. 그사이 마영방이 딱히 특별한 움직임을 보이지 않았기 때문이다.

서윤이 있는 마을에 위험 요소가 사라졌다는 판단에 일단 지부로 복귀해 하던 일에 매진할 계획이다.

물론 보름 만에 복귀하는 데에는 마을에 서윤이 있기에 가능한 일이었다.

하지만 서윤 혼자서 마을을 엄습하는 모든 위협을 다 막아낼 수는 없는 노릇.

때문에 구양경은 마을을 떠나면서 지부와 신속하게 연락을 취할 수 있는 수단을 마련해 놓았다.

"전서응입니다. 당분간은 조금 낯설어 할 수는 있지만 이미 길들여 놓은 것이 있으니 신호 몇 가지만 익히면 지부와 연락을 취하는 데에는 무리가 없을 겁니다."

그렇게 구양경은 마을에 있는 작은 마방에 전서응을 맡기고 떠났다.

졸지에 말뿐만 아니라 전서응까지 기르게 된 마방 주인이었지만 마을의 안전을 위한 일이라는 생각에 덤덤히 받아들였다.

구양경과 그 수하들이 마을을 떠나고 열흘이 지났다.

봄의 시작을 알리는 봄비가 조용히 대지를 적시는 어느 날이었다.

마을에 낯선 마차 한 대가 들어섰다.

한 달 전 마영방의 일을 겪은 마을 사람들은 낯선 마차의 등장에 경계의 눈초리를 보냈다.

하지만 마을 사람들의 경계심은 곧 풀렸다.

비바람에 나부끼는 깃발 하나가 마차에 꽂혀 있었기 때문이다.

깃발에 선명하게 적힌 대륙상단이라는 글자.

서윤의 서찰을 받고 달려온 대륙상단의 마차였다.

마을 중앙에 있는 작은 객점 앞에 멈춰 선 마차에서 한 사람이 내렸다.

비를 피하기 위해 우산을 들고 내리는 여인.

다름 아닌 설시연이었다.

마차에서 내린 설시연이 잠시 좌우를 두리번거렸다. 그러고는 이내 어느 한쪽에 시선을 고정시키며 옅은 미소를 지었다.

그녀의 시선이 닿은 곳에는 마을 사람들로부터 낯선 마차가 들어왔다는 이야기를 듣고 달려온 서윤이 서 있었다.

마차에 꽂혀 있는 대륙상단의 깃발을 보고 안심한 서윤은 마차에서 설시연이 내리자 의외라는 감정과 반가운 감정이 섞인 표정을 지으며 그녀에게 다가갔다.

"오랜만이네요."

"그러게요. 오랜만입니다."

서윤이 설시연을 살갑게 맞았다. 오랜만에 만났지만 얼마 안 되어 다시 만난 듯 어색한 것이 없었다.

"비도 오는데 일단 자리를 옮기죠. 친구가 하는 교자집이 가까운 데 있습니다."

"그래요."

그렇게 말하며 서윤이 설시연을 안내했다.

잠시 그의 뒤를 따르던 그녀는 우산도 없이 비를 맞아 축축하게 젖어 있는 서윤의 등을 보았다.

그러더니 얼른 그의 옆으로 다가서며 우산을 씌워주었다.

"같이 쓰고 가요."

"고맙습니다."

서윤이 설시연을 바라보며 미소를 짓고는 다시 앞을 보고 걸었다.

설시연은 괜히 가슴이 뛰는 것 같았다.

하지만 살짝 홍조가 올라 상기되어 있는 자신의 얼굴을 그녀는 볼 수가 없었다.

우인은 계산대에 앉아 어딘가를 보고 있었다.

들어올 때부터 뭔가 화기애애해 보이는 서윤과 설시연 앉아 있는 곳이다.

마주 앉아 주문한 음식을 먹고 있는 두 사람은 연인이라 해도 하등 이상할 것이 없을 정도로 다정다감한 모습이다.

'나쁜 놈! 우리 옥이를 놔두고!'

우인은 속으로 서윤을 욕했다.

그렇게 동생인 소옥과 연결시켜 주려 해도 눈 하나 깜짝하지 않더니 저렇게 예쁜 여인이 있을 줄이야.

둘 사이의 관계를 자세히 모르는 우인의 머릿속에서 이미 두 사람은 혼인을 약속한 사이가 되어 있었다.

게다가 서윤은 조강지처를 버린 천인공노할 남자가 되어 있었으니 이쯤 되면 심각한 수준의 망상이다.

두 사람을 바라보던 우인은 이내 주방 쪽에서 어슬렁거리고 있는 동생 소옥을 바라보았다.

표정에 드러나지는 않았지만 그 속이 어떨지 충분히 짐작이 갔다.

'힘내라, 동생아.'

그런 우인의 생각을 아는지 모르는지 서윤은 설시연과의 대화에 한창이다.

"그런 일이 있었단 말이에요?"

"네."

서윤으로부터 마영방과의 일을 들은 설시연이 깜짝 놀랐다.

도움을 청했다는 이야기는 들었지만 얼마나 심각한 상황인지 자세한 부분까지는 모르고 있던 설시연으로서는 놀랄 수밖에 없었다.

"몸은 괜찮은 거예요?"

"괜찮습니다. 사실 무림맹에 도움을 청하러 갔을 때 서찰을 다시 써서 보낼까 하다가 말았는데 힘든 걸음을 하게 만들었군요."

서윤의 말에 설시연이 눈을 살짝 흘기며 말했다.

"우리가 무슨 용건이 있어야 만나는 사이인가요?"

"예?"

서윤의 반문에 설시연은 본인이 말해놓고도 깜짝 놀랐다.

그런 말이 입에서 튀어나올 줄은 스스로도 예상하지 못했다.

"그러니까, 우리는 가족! 가족 같은 사이잖아요. 가족이 무슨 일이 있어야 서로 연락하고 얼굴 보고 하지는 않잖아요."

"아, 그렇죠."

서윤이 고개를 끄덕이며 앞에 있는 교자를 입에 넣었다. 그 모습에 설시연은 속으로 안도의 한숨을 내쉬었다.

"보내놓고 누구 한 명이 오긴 오겠구나 했는데 설마 설 누이가 올 줄은 몰랐습니다."

"누이… 라고요?"

서윤의 입에서 누이라는 말이 나오자 놀란 설시연이 되물었다. 그러자 서윤도 어색한 듯 머리를 긁적이며 말했다.

"사실 대륙상단을 떠나 이곳에 온 후로 계속 생각했던 겁니다. 형님하고는 형, 동생 하면서 살갑게 지냈는데 누이하고는 그러질 못한 것 같아서……. 그렇게 부르는 게 싫으면 달리 부르겠습니다."

서윤의 말에 설시연이 미소를 지으며 말했다.

"싫을 리가 있나요. 좋아요."

그녀의 말에 그제야 마음을 놓은 듯 서윤도 미소를 지었다.

"이 마을이 예전에 살던 곳인가요?"

서윤이 누이라고 했지만 설시연은 쉽게 그에게 말을 놓기가 어려운지 계속 존대를 썼다.

"마을에 살던 건 아니고… 마을에서 가까운 산속에 집이 있었습니다. 마을은 자주 왔다 갔다 했고."

"그렇군요."

설시연은 서윤이 도움을 청한 진짜 이유를 알 수 있었다. 혼자 힘으로 버겁기 때문이기도 했지만 마을을 지키고 싶은 마음이 컸기 때문이리라.

어린 시절의 추억이 깃든 곳.

자신이라도 그런 곳이라면 무슨 수를 써서든 지키고 싶었을 것이다.

"집 구경은 안 시켜줄 거예요?"

"집 구경이요?"

"네, 집 구경이요. 여기까지 왔는데 설마 안 보여줄 생각은 아니었겠죠?"

설시연의 말에 서윤이 당황스러운 표정을 지었다.

남자 혼자 사는 집이라 엉망이기도 했고 산을 올라야 하기 때문에 마차로는 갈 수 없었기 때문이다.

"마차가 갈 수 없는 곳인데……."

"걸어가면 되죠."

"산길을 올라야 합니다."

"잊었어요? 내가 누구 손녀딸인지?"

검왕 설백의 손녀딸.

그녀도 엄연히 무공을 익힌 무림인이다.

그런 무림인에게 뛰는 것도 아니고 걷는 것이라면 산이든 들이든 어렵지 않은 일이다.

"아, 그러고 보니 종조부님은……."

서윤이 아차 하며 물었다. 진작 물었어야 하는 것이건만 잠시 잊고 있었다.

"많이 좋아지셨어요. 아직 의식은 찾지 못하고 계시지만……."

그녀의 표정이 살짝 어두워졌다.

그래도 예전처럼 혼자 힘들어하는 모습은 아니었다.

마음이 많이 편해진 듯 보이는 그녀의 표정에 서윤은 다행이라는 생각이 들었다.

"의선을 찾는 일은 어떻게 되었습니까?"

"아직이요. 개방에서도 소문을 내고 출몰 예상 지역이라는 장강 쪽에도 작업 중이지만 도통 행적을 찾을 수가 없네요. 사실 지금은 굳이 의선이 필요하지 않을 수도 있겠다 싶은 생각도 들어요. 느리지만 차도가 있으니 언젠가는 깨어나지 않으시겠어요?"

그녀의 말에 서윤도 미소를 지으며 고개를 끄덕였다.

"자, 말 돌리는 건 그만하고 얼른 가요."

그렇게 말하며 설시연이 자리에서 일어났다.

"예? 아, 예."

그에 서윤은 거의 울상이 되어 자리에서 일어났다.

'이럴 줄 알았으면 좀 치워놓는 건데…….'

후회막급인 서윤이다.

두 사람이 산을 오르기 시작한 지 얼마 지나지 않아 비가 그쳤다. 하지만 나뭇잎에 매달려 있던 빗방울이 떨어져 두 사람은 계속해서 우산을 들고 걸었다.

천천히 산을 오르기를 반 시진, 산속에 자리 잡은 서윤의 집이 보이기 시작했다.

"저기군요?"

"맞습니다."

집이 보이기 시작하자 엉망진창인 집안을 생각한 서윤은 마음이 조급해졌다.

조금 더 걸어 마당에 도착하자 서윤은 설시연을 멈춰 세웠다.

"잠깐! 잠깐만 여기서 기다려요. 알겠죠?"

"왜요?"

서윤의 말에 설시연은 영문을 몰라 되물었지만 이미 서윤은 집 안으로 들어가고 없었다.

어리둥절해하던 설시연은 이내 우산을 접고 마당을 둘러보았다. 자신의 집인 대륙상단에 비하면 초라하기 그지없었지만 소박한 모습이 마음을 편하게 해주었다.

설시연이 볼 것도 없는 마당을 둘러보며 미소 짓고 있을 때 먼저 안으로 들어갔던 서윤이 문을 열고 나왔다.

"이제 들어와도 됩니다."

"뭐 했어요?"

"집 정리를 좀 하느라고… 하하!"

서윤이 멋쩍게 웃었다. 그제야 서윤이 허겁지겁 안으로 들어간 이유를 알아차린 설시연이 웃으며 집 안으로 들어갔다.

"이곳이군요."

"네. 여기서 부모님과 함께 어린 시절을 보냈고 할아버지와도 짧게나마 함께 지냈죠."

서윤의 말에 설시연이 고개를 끄덕였다.

힘든 기억이 있는 곳이기도 하지만 서윤에게는 좋은 기억이 더 많이 남아 있는 곳이다.

"아담하고 좋네요."

"대륙상단처럼 큰 곳에 있다가 이렇게 좁은 곳에서 지내보면 불편한 게 한두 가지가 아닐 겁니다."

서윤의 말에 설시연이 미소를 지었다.

"언젠가는 이렇게 소박한 곳에서 지내보는 게 꿈이에요. 상단 일을 하는 것도 아닌데요 뭐."

"마을 어르신들 말씀에 늙으면 이런 곳이 더 좋아지긴 한다더군요."

서윤의 말에 설시연이 웃었다.

"마당이 있어서 무공 수련하기에도 좋겠어요."

그녀의 말에 서윤이 질렸다는 듯 물었다.

"여기까지 와서 무공 생각입니까? 설마 또 대련하자고 하는 건 아니겠죠?"

"한번 할까요? 그동안 열심히 수련했는데."

그녀의 말에 서윤이 손사래를 쳤다.

"그 말이 나올까 봐 조마조마했는데 역시나. 오늘은 그냥 넘어가죠."

서윤의 반응이 재미있는지 설시연이 미소를 짓더니 침상에 걸터앉았다.

가만히 서서 침상에 앉아 있는 설시연을 바라본 서윤은 자신 혼자 쓰는 침상에 그녀가 앉아 있는 모습에 괜히 묘한 기분이 들었다.

"누이는 혼인 안 합니까?"

"갑자기 그건 왜 물어요?"

"아니, 그냥… 할 때가 됐으니. 게다가 제법 청혼도 들어올 것 같고."

서윤의 물음에 설시연이 작게 한숨을 쉬며 고개를 저었다.

"여기저기서 들어오긴 하는 모양인데… 생각 없어요, 아직은."

"왜 없어요? 제법 괜찮은 남자들이 줄을 설 것 같은데."

서윤의 말에 웃음을 터뜨린 설시연이 물었다.

"무슨 근거로요?"

"집안도 좋고… 얼굴도 예쁘고……."

"혼인이 집안 좋고 얼굴 예쁘다고 하는 건가, 상대가 좋은 사람이고 평생 함께해도 괜찮겠다 싶은 사람이어야죠."

그녀의 말에 서윤이 고개를 끄덕였다.

'혼인이라……'

사실 분위기상 설시연에게 그런 질문을 했지만 정작 서윤도 그런 걸 생각해 본 적이 없었다.

누군가를 만나 혼인을 하고 가정을 꾸리는 것.

아직은 먼 훗날의 이야기로만 느껴졌다.

'그런 사람을 만날 수나 있으려나.'

그렇게 생각하며 서윤이 피식 웃었다.

"무슨 생각을 했길래 혼자 웃어요?"

"아닙니다. 이제 내려가죠. 여긴 산속이라 금방 어두워질 겁니다. 잠은 객점에서 편히 자야죠."

서윤의 말에 설시연이 침상에서 일어났다.

그렇게 두 사람은 다시 마을로 발걸음을 옮겼다.

마을은 이미 한 고비를 넘긴 상태이고 곧 무림맹의 후속 조치도 있을 예정이라 굳이 더 남아 있을 이유가 사라졌지만 설시연은 며칠을 더 머물렀다.

서윤과 함께 마을을 구경하고 이런저런 이야기를 나누며 모처럼 한가로운 시간을 보냈다.

그녀가 여유로운 마음으로 시간을 보낼 수 있던 까닭은 서윤에게 있었다.

그녀가 무공에 대한 이야기를 꺼낼 때면 언제나 말을 끊거나 화제를 돌렸기 때문이다.

물론 서윤으로서도 그녀와 무공에 대한 이야기를 나누는 것이 도움이 되는 일이다. 하지만 굳이 그러고 싶지 않았다.

안 그래도 하루 열두 시진 중 잠자는 시간을 제외하고 그녀의 머릿속은 무공에 대한 생각으로 가득 차 있을 것이 뻔한데 여기까지 와서 무공에 대한 생각을 하는 것은 원치 않았다.

이왕 이렇게 된 것, 며칠 쉬면서 유람하는 기분을 좀 느꼈으면 하는 것이 서윤의 마음이었다.

설시연은 마을에서 닷새간 머물렀다.

아무래도 작은 마을에 있는 객점이라 방이 대도시의 그것만큼 좋지는 않았을 텐데 불평불만 없이 지낸 그녀였다.

서윤과 함께 우인의 가게에서 점심을 먹은 설시연은 자신을 기다리는 마차에 오르다가 발걸음을 멈추고 서윤을 바라보았다.

"왜요?"

"장갑 좀 줘봐요."

장갑을 달라는 설시연의 말에 서윤은 영문도 모른 채 허리춤에서 장갑을 꺼냈다.

서윤에게서 장갑을 받아 든 설시연은 자신이 수놓아준 이름이 제대로 새겨져 있는 것을 보고는 다시 서윤에게 건네주었다.

"여기요."

"장갑은 왜요?"

"새겨준 이름 잘 붙어 있나 확인한 거예요. 보관 잘했네요."

그렇게 말하며 설시연이 미소를 지었다.

"갈게요."

"조심해서 가세요."

서윤의 말에 손을 흔들어 보인 설시연이 마차에 올랐다.

멀어지는 마차를 한참 동안 지켜보던 서윤이 몸을 돌리자 우인이 팔짱을 낀 채 서윤을 지켜보고 있다.

"왜?"

"나쁜 놈."

그렇게 말한 우인이 몸을 홱 돌려 가게 안으로 들어가 버렸다.

영문도 모른 채 순식간에 나쁜 놈이 되어버린 서윤은 잠시 벙찐 표정으로 서 있다가 가게로 따라 들어갔다.

"야, 갑자기 왜 그래?"

"그래서 내 동생 싫다고 했냐?"

"뭐?"

서윤은 그제야 우인이 설시연과 자신의 관계를 오해하고 있음을 알게 되었다. 자신의 동생과 그렇게 엮어주려 했는데 다른 여자와 웃고 떠들었으니 오빠의 입장에서 그게 좋게 보이지 않은 것이다.

그 후로 서윤은 꼬박 이틀이나 우인에게 설시연과의 관계를 설명하며 해명해야만 했다.

자신이 우인에게 왜 그런 해명을 해야 하는지 의문을 가득 안은 채.

＊　　　＊　　　＊

설시연이 떠나고 이틀째 되던 날.

서윤은 홍인 지부에서 한 통의 서찰을 받았다. 마방 주인이 가져온 서찰을 펼쳐 본 서윤은 깜짝 놀랐다.

서 소협.

마영방과 관련해 새로운 소식이 있어 이렇게 서찰을 전합니다.

일단 마을은 당분간 걱정하지 않으셔도 될 듯합니다.

마영방은 지금 서 소협에게 신경 쓸 틈이 없는 상황입니다. 서찰로 자세히 전달하기에는 무리가 있습니다만 간단히 말씀드리면 마영방이 귀주성에서도 제법 이름난 문파인 청양문(淸陽門)을 쳤습니다.

저희가 알고 있는 마영방의 전력으로는 청양문과 일전을 벌인다는 것은 상상도 못할 일이지만 현재의 양상은 대등하게 흘러가고 있습니다.

서 소협이 쓰러뜨린 마영방주의 모습은 보이지 않습니다. 보통 흑도 방파는 방주가 없으면 무너지게 마련인데 마영방은 더욱 응

집하는 모습을 보이고 있습니다.

무림맹에서도 지금 이 상황을 예의 주시하고 있는 상황입니다.

아무래도 마영방과 일전에 말씀드린 그들이 연관되어 있다고 보고 대대적인 조사를 시작할 예정입니다만 일단은 청양문을 도와 마영방을 잠재우는 것이 우선인 상황입니다.

새로운 정보를 얻게 되면 다시 연락드리겠습니다.

구양경 배상.

사실 서윤은 청양문이 어떤 문파인지, 어느 정도 세력을 가진 문파인지 알지 못했다.

하지만 구양경이 보낸 서찰의 내용으로 보아 마영방이 청양문을 치는 것은 계란으로 바위를 치는 격인 듯했다.

물론 그것은 어디까지나 그간 겉으로 드러난 마영방의 힘만을 보고 예상한 것이겠지만.

그런데 마영방이 청양문과 대등한 싸움을 벌이고 있다?

그것은 마영방에게 힘을 보태준 누군가가 있다고밖에 생각할 수 없었다.

그리고 그 힘을 보태준 자들은 신도장천의 죽음과 연관된 자들과 무관하지 않을 것이라는 예감이 들었다.

"후……."

서윤이 한숨을 내쉬었다.

머릿속이 복잡해졌다.

신도장천의 유언인 풍신의 경지에 오르기 위해서는 무공 수련에 매진해도 모자란 시기이다.

하지만 우연인지 필연인지 복수의 대상과 관련되어 있을지 모를 일에 휩쓸려 버린 상태이다.

그 때문에 서윤은 처음에 생각한 것만큼 무공 수련에 시간 을 쏟을 수가 없었다.

그렇다고 해서 이대로 복수를 위해 행동을 취하자니 걸리 는 것이 있었다.

권왕이라 불린 신도장천의 실력으로도 넘지 못한 적을 지 금의 서윤이 상대할 수 있을 리가 없다.

무턱대고 적을 찾아가 주먹을 휘두른다 한들 그것은 제대 로 된 복수가 아니었다.

'복잡하구나.'

서윤의 고민이 깊어졌다.

구양경이 서윤에게 보낸 서찰의 내용처럼 청양문은 마영방 과 일전을 벌이고 있었다.

처음 마영방이 도전했을 때 청양문의 문주 정사추(鄭思秋) 는 콧방귀를 뀌었다. 자신이 보나 남들이 보나 뒷골목 흑도 방파인 마영방은 청양문의 발끝도 따라오지 못하는 방파였 다.

그런데 감히 도전장을 들이밀다니.

상대할 가치도 없다고 생각한 그였다.

그리고 마영방이 청양문의 지부 하나를 공격해 피해를 입혔을 때에는 제법 놀랐다.

아무리 기습이고 방심했다 해도 청양문의 지부를 초토화시킬 정도의 무력을 갖췄을 거라 생각하지 못한 탓이다.

하지만 그럼에도 마영방은 청양문의 상대가 되지 않을 것이라 생각했다.

지부 하나가 무너지는 피해를 입었으니 마영방 전체를 지워야겠다고 생각한 정사추는 대대적으로 마영방을 공격했다.

하루면 끝날 것이라 생각했다.

하지만 정작 싸움이 시작되자 여기저기서 패전 소식이 들려오기 시작했다.

정사추는 적지 않게 당황했다.

그리고 결국 본인이 직접 나섰다. 문도들에게 절대 방심하지 말라 이르고 독려했다.

그러자 밀리던 전세가 점차 바뀌기 시작했다.

곳곳에서 승전보가 들려왔고, 그 기세를 몰아 마영방을 밀어붙이는 듯했다.

설마가 역시로 바뀌는 듯했다.

하지만 실상은 그렇지 않았다. 문주인 정사추와 정예들이 나섰음에도 마영방은 무너지지 않고 도리어 균형을 맞추고 있었다.

마영방이 이 정도였던가.

정사추는 작금의 현실을 믿을 수가 없었다.

그러나 지금 이 상황이 현실임을 받아들일 수밖에 없었다.

귀주 무림의 모든 눈과 귀는 물론이고 타 지역의 무림인들도 이 싸움의 결과에 주목하기 시작했다.

마영방이 중원 무림에 던진 충격은 시작에 불과했다.

천양문과 마영방의 싸움을 시작으로 중원 곳곳에서 흑도 방파들이 들고일어난 것이다.

항상 한 수 아래로 생각하던 흑도 방파의 할거.

만약의 상황에 그들과 힘을 합치려던 정도 무림이 받은 충격은 상당했다.

특히 산서성 태원에서 벌어진 거룡방(擧龍幇)과 태천문(太天門)의 싸움, 그리고 강소성(江蘇省) 대웅방(大雄幇)과 용검문(龍劍門)의 싸움, 마지막으로 광서성(廣西省)의 신월파(新月派)와 천왕파(天王派)의 싸움은 그 충격을 더했다.

이 세 곳의 싸움은 그 어느 곳보다 더욱 치열했는데, 흑도를 자처하는 거룡방과 대웅방, 신월파의 힘에 모두가 놀랄 수밖에 없었다.

이제는 흑도 방파들이 정도와 척을 진 상황.

더 이상 협력을 기대할 수 없는 지경에 이르렀다.

그렇다면 남은 것은 흑도 방파 뒤에 어떤 세력이 있느냐는 것이다.

그리고 그것은 정마대전을 걱정하는 정도 무렵에 던져진 커다란 숙제였다.

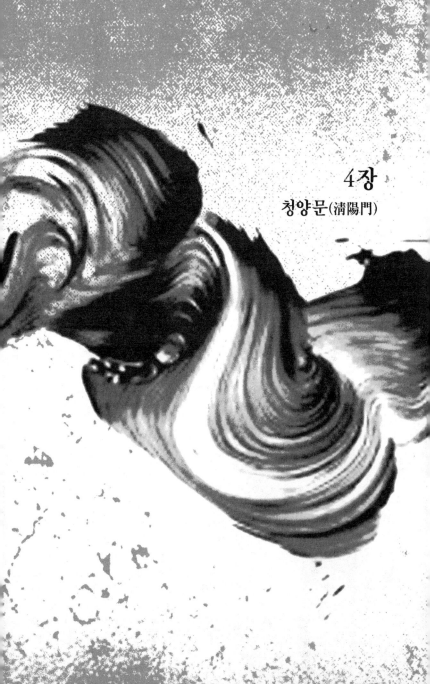

4장

청양문(清陽門)

風神 徐閏

풍신서윤

　종리혁의 표정은 마치 구름이 잔뜩 낀 밤처럼 어두웠다.

　작금 무림의 상황이 너무나 좋지 않기 때문이다.

　흑도 방파의 공격.

　비슷한 시기에 동시다발적으로 이뤄진 것으로 보아 사전에 철저히 계획된 것이 분명했다.

　그런데 정도 무림의 중심인 무림맹에서는 이러한 낌새를 조금도 알아차리지 못했다.

　무림맹의 정보력이 부족해서? 절대 아니었다.

　무림맹의 정보력은 중원의 그 어느 곳보다 뛰어났다.

　다만 일차원적인 생각이 문제였다.

신도장천의 죽음과 설백의 귀환.

그 두 가지 사건은 무림맹은 물론이고 중원 무림의 모든 시선을 마교 쪽에 쏠리게 했다.

직전의 정마대전으로 인한 피해와 상처를 겨우 회복한 시점.

그런 그들에게 또 한 번의 정마대전은 최대한 피하고 싶은 일이자 그 피해를 최소화하고 싶은 일이기도 했다.

그런 심리가 작용하다 보니 자연스레 주적이라 할 수 있는 마교의 동태를 살피는 데 가장 많은 인원을 투입할 수밖에 없었다.

별다른 성과가 없었음에도 불구하고 다른 쪽으로 시선을 돌릴 수 없던 것도 무슨 일이든 터질 것만 같은 불안감과 긴장감이 자리 잡고 있기 때문이었다.

거기에 한 가지 이유를 보태자면 흑도는 적이 아니라는 생각과 절대 자신들에게 덤비지 못한다는 자만에 방심한 탓이다.

중원 역사상 흑도 방파가 이처럼 들고일어나 정도 문파를 공격하고 막대한 피해를 입힌 적이 없었다.

단 한 번도.

그런데 누가 있어 이런 일이 벌어질 것이라 생각했겠는가.

그러한 이유들이 겹쳐 결국엔 사달이 나고 만 것이다.

상황이 이렇게 되다 보니 제갈공의 마음은 타들어 간다는 표현으로도 부족할 정도였다.

주어진 정보를 바탕으로 전략과 전술을 짜내는 것이 그의 일이라지만 결국엔 또 다른 위험을 예측하는 것도 군사의 몫이었다.

만약을 생각하고 대비하는 것.

무림맹 군사 본연의 책무를 다하지 못했으니 군사 직을 박탈당해도 할 말이 없었다.

"피해는?"

"심각하다고 할 정도는 아닙니다. 처음에야 예상하지 못하고 대비하지 못했으니 속수무책이었지만 그 이후에는 피해가 크지 않습니다. 하지만……."

제갈공이 잠시 말을 끊고는 한숨을 내쉬었다.

"크든 작든 입지 말아야 할 피해를 입었으니 손해는 손해입니다. 지금 같은 시기에 이 정도 피해라면 치명적이라고 할 수 있습니다."

제갈공의 말에 종리혁은 입을 꾹 다문 채 아무런 말도 하지 않았다.

그런 그의 태도가 마치 자신을 책망하는 것만 같아 제갈공은 견디기 어려웠다.

"일단은 정도 문파의 피해가 더 커지지 않도록 무림맹의 지원을 아끼지 말아야 할 게야."

"물론입니다. 이미 조치를 취해 놓았습니다."

제갈공의 대답에 가만히 고개를 끄덕인 종리혁이 물었다.

"마영방과 가장 먼저 충돌한 사람이 누구라고 했지?"

"그분의 손자입니다, 서윤이라는."

"즉시 사람을 보내 무림맹으로 불러들이도록."

"어찌할 생각이십니까?"

"지금은 그 정도 되는 고수 한 명이 아쉬운 상황 아닌가. 청양문을 곤경에 빠뜨린 마영방을 단신으로 상대할 정도의 고수라면 무림맹에 불러다가 중요한 임무를 맡겨야겠지."

종리혁의 말에 제갈공은 입을 다물었다. 과연 서윤이 무림맹으로 오라는 맹주령(盟主令)을 따를 것인지에 대한 의문이 든 까닭이다.

제갈공은 잠시 그 부분에 대해 종리혁에게 이야기를 할 것인지 고민했으나 결국 하지 않기로 마음먹었다.

지금 상황에서는 그 누구라도 종리혁과 같은 결정을 내릴 것이기 때문이다.

그것이 자신이라 할지라도.

"검왕 선배님은 아직 깨어나지 못하셨다던가?"

"그렇습니다."

"얼른 일어나서야 작은 단초라도 얻을 텐데……."

종리혁의 목소리에 답답함이 묻어났다.

"지금으로서는 시간만이 해결해 줄 수 있습니다."

"그렇겠지. 일단 권왕 선배님의 손자 일부터 처리하도록 하지. 적당한 자리 하나 비워놓고."

"알겠습니다."

제갈공은 종리혁을 향해 고개를 숙이고는 집무실을 나섰다. 어떻게 해서든 이번 일을 만회하겠다는 다짐과 함께.

*   *   *

설시연이 다녀가고 마영방의 일이 일단락된 이후 서윤은 모처럼 무공 수련에 매진하고 있었다.

깨달음이라는 것이 지금 당장 어찌할 수 없는 것인 만큼 지금까지 익힌 것들을 숙달하는 시간을 가졌다.

마영방주와의 싸움으로 서윤은 제법 많은 것을 배울 수 있었다.

공격 시의 움직임과 방어 시의 움직임, 그리고 초식을 뿌릴 때의 진기 운용 등.

지금까지 서윤이 펼쳐 내는 방식이 직선적이고 공격적이며 정석에 가까운 방법이었다면 마영방주와의 싸움은 그 응용을 배울 수 있는 기회였다.

게다가 서윤은 풍절비룡권의 묘리만을 가지고도 효과를 볼 수 있다는 걸 몸소 경험했다.

이를 응용한다면 뻗어나갈 수 있는 길이 무궁무진하다는 뜻.

지금까지 답보 상태에 있던 서윤은 모처럼 흥분되는 느낌이다.

서윤은 자세를 잡은 채 주먹을 몇 차례 휘둘렀다. 그때마다 주변의 공기가 그 흐름에 따라 꿈틀거렸다.

'주변의 공기를 활용하는 법. 결국은 내가 뻗어내는 투로(鬪路)로 최대한 끌어들여야 한다.'

서윤이 속으로 중얼거렸다.

하지만 거기까지였다. 구체적인 뚜렷한 방법이 떠오르지 않았다.

'대련 한번 하자고 할 걸 그랬나.'

서윤은 떠난 설시연을 떠올리며 아쉬움을 삼켰다.

이전과 달리 지금은 그녀와의 대련에서도 무언가를 얻을 수 있을 것 같다는 생각이 들었다.

처음 그녀와 대련했을 때에는 빨리 끝내려는 생각뿐이었다. 하고 싶은 마음에서 한 것이 아닌 만큼 그녀의 움직임에서 무언가를 얻으려는 마음 자체가 없었다.

하지만 지금은 달랐다.

무엇을 하든 본인 스스로가 절실하게 필요성을 느끼면 사소한 것 하나에서도 얻는 것이 있는 법.

서윤의 마음에 아쉬움이 진하게 남는 이유였다.

'어쩔 수 없지.'

서윤은 호흡을 가다듬고 서서히 진기를 끌어올렸다.

시작은 언제나 쾌풍보.

하지만 거의 동시에 서윤의 주먹이 움직였다.

쾌풍보와 어울려 호쾌하게 뻗어나가는 주먹.

풍절비룡권의 성취로만 본다면 서윤은 확실히 빠르고 대단했다.

'아니야.'

그러나 서윤은 무언가 불만족스러운 듯 표정이 밝지 않았다.

계속해서 주먹을 뻗어내고 다리를 움직이고는 있었으나 자신이 원하는 바를 끌어내지 못했다.

'이래서야 풍신이 될 수 있겠나.'

움직임을 멈춘 서윤이 고개를 저었다.

"후······."

답답한 마음에 서윤은 한숨을 내쉬며 바닥에 털썩 주저앉아 하늘을 올려다보았다.

멍하니 나뭇가지 사이로 보이는 하늘을 쳐다보는 서윤은 문득 신도장천이 떠올랐다.

그와 이별한 지 반년 가까이 흘렀다.

그동안 정신없이 지낸 탓도 있지만 오늘처럼 그가 그리운 적이 없었다.

그가 남긴 것, 그리고 그가 가르친 것.

모든 것을 잘하고 싶었다.

행복하게 잘살고 싶었고, 그가 이루지 못한 것을 이루고 싶었다.

혼자의 힘으로도 할 수 있을 거라 생각하며 해내고야 말겠다고 다짐했다.

하지만 생각보다 혼자의 힘으로 모든 것을 헤쳐 나가는 것은 쉽지 않았다.

신도장천의 가르침을 익히며 그대로 행하고 있지만 그것만으로는 부족했다.

'할아버지의 가르침…… 아냐, 더 남았어.'

그렇게 중얼거린 서윤은 벌떡 몸을 일으켰다.

그러고는 가만히 서서 눈을 감았다.

머릿속에 떠오르는 신도장천과의 수많은 대련.

기억이 잘 나지는 않았지만 수없이 치러온 그와의 대련이 조각처럼 머릿속에 남아 있다.

서윤은 조급해하지 않고 그 조각들을 끌어모았다.

조금씩 짜 맞춰지는 신도장천의 움직임.

물론 그 당시 신도장천이 서윤과 대련한 것은 풍절비룡권의 권형과 진기의 운용을 숙달하기 위한 것이었다.

그렇다 보니 그도 모든 것을 다 펼쳐 보이지는 않았다.

하지만 서윤은 신도장천의 움직임에서 자그마한 실마리라도 얻을 것이 있을 것이라 확신했다.

'할아버지의 가르침은 끝나지 않았어.'

서윤은 속으로 그렇게 중얼거리며 의욕을 불태웠다.

다음 날.

제법 봄기운이 올라와 기분 좋은 바람이 부는 아침.

서윤은 마당에서 운기를 시작했다.

서윤의 기분에 동화되어서일까? 풍령신공의 진기 역시 그 어느 때보다 활기차게 서윤의 인도에 따라 몸 구석구석을 돌고 있다.

오랜만에 시간을 들여 대주천을 끝낸 서윤은 하단전에서부터 올라오는 든든한 느낌에 미소를 지었다.

"오랜만에 우인이 녀석이나 보러 갔다 와야겠다."

서윤이 마을에 가지 않은 것이 벌써 나흘이다. 한동안 하루가 멀다 하고 가다가 며칠 안 가니 굉장히 오랜만에 가는 기분이다.

"음?"

가부좌를 풀고 자리에서 일어서는 서윤은 누군가 다가오는 것을 느꼈다. 막 운기를 끝냈기 때문인지 기감이 더욱 예민해져 있다.

"와, 여기 올라오기 엄청 힘드네."

서윤을 찾은 사람은 우인이었다.

그 뒤에는 지친 기색이 역력한 소옥도 있었다.

"어? 여긴 어떻게 알고 왔어?"

"어떻게 알고 오긴, 지난번에 한번 와봤잖아. 내가 길눈이 좀 밝아야지."

서윤과 우인이 친구가 되고 얼마 되지 않아 서윤은 우인을 데리고 집에 온 적이 있었다.

그 후로 한 번도 온 적이 없는데 우인은 용케 길을 기억해 찾아왔다.

"대단한 기억력이다. 그런데 무슨 일이야? 안 그래도 지금 마을에 가려던 참인데."

"진짜? 아오, 좀 빨리 오지. 괜히 개고생했네. 이 녀석 봐라. 엄청 힘들어하잖아."

우인이 아직도 숨을 고르고 있는 소옥을 가리키며 말했다.

"난 괜찮아."

소옥이 겨우 한마디 내뱉었다. 하지만 산길 오르는 것이 익숙지 않은 그녀에게는 무척 힘들었을 것이다.

"일단 안으로 들어와서 숨 좀 골라라."

"그래야겠다. 다리가 후들거려."

"엄살은. 그러니까 평소에 운동 좀 하지."

그렇게 말하며 서윤이 먼저 집 안으로 들어가자 우인과 소옥이 뒤따랐다.

"뭐 내줄 게 없네. 차라도 한 잔 줄까?"

"시원한 거 없냐? 뜨거운 거 말고. 지금 뜨거운 거 마시면 타 죽을지도 몰라."

우인의 너스레에 서윤이 미소 지으며 끓여둔 차를 데우지 않고 내왔다.

연거푸 차 몇 잔을 마신 우인은 그제야 살 것 같다는 듯 크게 한숨을 내쉬었다.

"그런데 무슨 일이야? 옥이까지 데리고."

"아, 이 녀석은 그냥 너 보겠다고 따라온 거고."

우인의 말에 소옥이 얼굴을 붉히며 우인의 옆구리를 꼬집었다.

"으악!"

"거봐. 헛소리하니까 벌 받는 거지."

서윤이 웃으며 말했다. 우인은 찌릿찌릿한 옆구리를 연신 문지르며 품에서 서찰을 하나 꺼냈다.

"자, 이거. 무림맹에서 온 서찰이래."

"무림맹에서?"

서윤은 우인이 건넨 서찰을 펼쳐 보았다.

서찰을 읽어 내려가는 서윤의 표정이 조금씩 굳어지기 시작했다.

처음에는 마영방을 비롯한 흑도 방파와 관련된 내용일 것이라 생각했다. 아니, 정확히는 그들의 배후에 있을 신도장천의 원수와 관련된 내용일 거라 생각했다.

하지만 서찰에 적힌 내용은 전혀 다른 것이었다.

게다가 보낸 이도 구양경이 아닌 무림맹의 군사인 제갈공이었다.

"왜? 무슨 내용인데? 뭐 안 좋은 일이야?"

"가만히 좀 있어, 오빠는."

서윤의 표정을 살피던 우인이 서윤에게 꼬치꼬치 캐묻자 옆에 있던 소옥이 핀잔을 주었다.

"음……."

"왜, 뭔데?"

그새를 못 참고 우인이 또 물었다. 이번에는 서윤이 답을 해주었다.

"심각한 건 아니야. 아무튼 고맙다. 먼저들 내려가."

"같이 안 가고? 마을에 가려고 했다면서."

"아, 뭐 좀 해야 할 게 있어서. 오후에 갈 테니까 교자나 맛있게 쪄 놔."

"하여튼 그놈의 교자는. 알았다. 가자, 옥아. 내려가는 건 좀 나을 거야."

우인이 소옥을 데리고 서윤의 집을 나섰다.

기감을 통해 그들이 집에서 멀어진 것을 확인한 서윤은 지필묵을 꺼냈다.

그러고는 서찰에 대한 답을 적기 시작했는데 굉장히 짧았다.

불가(不可).

단 한 단어.

무림맹에 와서 힘을 보태달라는 제갈공의 청에 대한 답이
다.

생각할 것도 없었다.

지금은 복수를 생각할 때가 아니었다. 삶의 터전인 이곳에
서, 그리고 마을에서 사람들과 어울리며 좀 더 무공 수련에
매진해야 할 때였다.

마영방과의 싸움 이후 서윤은 이와 관련한 고민을 했고, 장
고 끝에 이미 결론을 내린 후였다.

만약 복수를 하겠다는 결심이 섰다면 진작 서윤이 먼저 무
림맹을 찾아 갔을 것이다.

자신의 의사를 분명하게 적은 종이를 바라보던 서윤은 침
상으로 가 그대로 드러누웠다.

마을에는 오후에 간다고 했으니 낮잠이나 한숨 자둘 생각
이었다.

미시(未時) 초가 되어서야 눈을 뜬 서윤은 적어둔 서찰을 들
고 마을로 향했다.

마을 초입에 도착한 서윤은 북적거리는 기운에 의아한 표
정을 지었다.

마을이 귀주성에서 사천성으로 향하는 길목에 있기는 하지
만 관도와는 조금 거리가 있고 현(縣)만큼 큰 곳이 아니기에

오가는 사람이 많은 편이 아니었다.

그런데 오늘은 마을에 제법 많은 사람이 북적거리고 있었다.

'도검을 지닌 자들. 무림인이군. 한데 여기는 어쩐 일로……?'

서윤은 무림인을 보고 일단 경계심을 품었다. 적의나 살기는 보이지 않는 것으로 보아 마을에 해를 끼치지는 않을 것 같았지만 조심해서 나쁠 것은 없었다.

서윤은 일단 마방으로 향했다.

마방 역시 분주했는데 한꺼번에 많은 사람이 말을 맡기는 바람에 마구간이 모자랄 정도였다.

"어이쿠! 서 소협 오셨는가?"

마방 주인이 서윤을 보고 인사했다.

마영방과의 일이 있은 후 구양경이 서윤을 소협이라 불렀다는 이야기가 우인의 입에서 흘러나온 후 마방 주인은 서윤을 소협이라 부르고 있었다.

소협이라는 말을 들을 때마다 서윤은 손발이 오그라드는 기분이었지만 애써 미소를 지으며 인사했다.

"안녕하세요. 마을에 웬 사람들이 이렇게 많죠?"

"아, 청양문 사람들이라네. 이동하다가 잠시 들른 모양이야. 덕분에 마을 전체가 아주 떠들썩해."

마방 주인의 말에 서윤이 고개를 끄덕였다. 청양문이라면 일단 안심해도 될 듯했다.

"그런데 무슨 일로? 아, 서찰 보내러 오셨는가?"

"예."

"미안한데 오늘은 직접 좀 해주게. 내 이 녀석들 때문에 정신이 없어서."

"예, 그러지요."

마방 주인과 인사를 나눈 후 서윤은 전서응을 통해 무림 맹에 서찰을 보냈다. 그러고는 우인의 가게로 발걸음을 옮겼다.

마을 객점은 물론이고 우인의 가게도 청양문의 사람들로 북적거리고 있었다.

족히 오십 명은 되어 보였는데, 마을에 유일하게 하나 있는 객점에서는 이 정도 규모의 사람을 수용할 수 있는 능력이 안 되었다.

다행히 청양문 사람들은 이해하고 주변 식당에서 끼니를 해결하고 있었다.

밀려든 손님들 때문에 우인과 소옥은 정신없이 바빴다. 상대적으로 덜 바쁜 근처 포목점 주인의 부인도 와서 일손을 거들고 있었다.

가게에 들어가려던 서윤은 이내 몸을 돌려 밖으로 나왔다.

안에 들어가 봤자 앉을 자리도 없을 테고 아직은 무림인들과 한 공간에 있는 것 자체가 어색했다.

게다가 제갈공으로부터 무림맹으로 와달라는 서신까지 받은 후이니 괜히 이들과 함께 있다가 엮일지도 모른다는 생각도 들었다.

잠시 가게 입구 쪽 벽을 등지고 서 있던 서윤은 슬쩍 안을 들여다보았다.

그리고 정신없이 일하던 소옥과 눈이 마주쳤다.

서윤은 잘됐다 싶어 손짓으로 소옥을 불렀다. 잠시 주변을 둘러본 소옥이 서둘러 가게 밖으로 나왔다.

"바쁘지?"

"네, 조금 바쁘네요."

소옥이 웃으며 대답했다. 기분이 좋아 보였는데 그럴 것이 이 정도 인원이면 족히 반년 치 장사는 한 것이라 볼 수 있었다.

"온다고 했다가 안 오면 또 우인이 녀석이 한소리 할까 봐 그래서 불렀어."

"그렇군요."

소옥이 뭔가 살짝 아쉬운 듯 작은 목소리로 대답했다.

"혹시 마을 사람들이나 우인이가 나에 대한 얘기는 안 했겠지? 무공을 익혔다느니 하는."

"오빠는 안 했는데 마을 사람들은 모르겠어요. 왜요?"

"비밀로 해줬으면 해서. 우인이 녀석한테도 당부 좀 해줘."

"알았어요."

그때였다.

"제 친구 녀석이 있는데 지난번에 마영방이랑 한판 붙었다 니까요! 엄청났습니다요! 그 큰 덩치의 마영방주가 제대로 고 꾸라졌죠!"

우인의 목소리다. 그가 말하는 친구라면 서윤이 분명했다.

"하……."

"후……."

서윤과 소옥이 동시에 한숨을 내쉬었다.

'저 입 싼 자식…….'

서윤이 고개를 절레절레 저으니 소옥에게 작은 소리로 말 했다.

"아무래도 난 가봐야겠다, 귀찮은 일이 벌어지기 전에."

"그래요. 얼른 가요. 오빠한테는 나중에 내가 한소리 해줄 게요."

소옥이 두 팔을 걷어붙이며 말했다. 그에 미소를 지으며 그 녀의 머리를 쓰다듬은 서윤은 몸을 돌렸다.

그러고는 쾌풍보를 극성으로 펼쳐 마을을 벗어났다.

집으로 돌아온 서윤은 안도의 한숨을 내쉬었다.

혹시 우인이 자신의 집까지 알려줬으면 어쩌나 하는 걱정 이 되긴 했지만 소옥을 믿는 수밖에 없었다.

그렇게 가슴 졸이던 시간이 지나고 밤이 되었으나 찾아오는 사람은 없었다. 소옥이 우인에게 제때 주의를 준 모양이다.

서윤은 안도의 한숨을 내쉬며 조금은 편한 마음으로 잠자리에 들 수 있었다.

다음 날 아침.

서윤은 여느 때와 마찬가지로 운기할 준비를 했다.

오늘은 청양문 사람들이 떠날 것이라 생각되긴 했지만 혹시 모르는 일이라 마을에는 내려가지 않을 생각이다.

'다음번에 만나면 입을 꿰매 버리던지 해야겠어.'

속으로 그렇게 중얼거린 서윤은 점차 진기의 흐름에 빠져들기 시작했다.

서윤이 자신의 입을 꿰매 버리겠다고 다짐한 것을 모르는 우인은 열심히 산을 오르고 있었다.

그런 우인의 뒤에 두 사람이 더 있다.

바로 청양문의 문주인 정사추와 청양문 제일 전투부대인 천웅대(天雄隊) 대주 송추경(宋錘庚)이었다.

우인으로부터 서윤의 존재에 대해서 들은 정사추는 서윤을 만나게 해달라고 부탁했다.

하지만 그 직전에 소옥으로부터 서윤이 아무것도 발설하지 말라고 했다는 말을 전해 들은 우인은 집을 가르쳐 주지 않았다.

하지만 정사추는 끝끝내 우인을 설득하고 말았고, 이렇게 그를 앞세워 서윤의 집으로 향하는 중이다.

'난 죽었다.'

우인의 표정은 어두웠다.

아무것도 말하지 말라고 했는데 이렇게 집까지 찾아오게 만들었으니 서윤이 자신에게 뭐라 할지는 안 봐도 뻔했다.

'그 주먹에 맞으면 아프겠지?'

우인은 마영방도들을 때려눕히던 서윤의 주먹을 떠올리며 몸을 부르르 떨었다.

그런 걱정을 하면서 내디딘 발걸음은 어느새 서윤의 집 앞에 당도해 있었다.

"이곳이군."

"네, 여깁니다."

정사추의 말에 우인이 기어들어 가는 목소리로 대답했다. 이미 마당에 앉아 운기하는 서윤을 본 까닭이다.

운기를 하고 있는 중이라 우인의 목소리를 들을 수 없는 서윤이었지만 그런 것을 모르는 우인은 심장이 요동치고 있었다.

"운기 중이군. 방해하면 안 되겠지. 나무 밑에서 햇볕이나 피하고 있어야겠어."

그렇게 말하며 정사추가 한쪽에 있는 거목 밑으로 발걸음을 옮기자 송추경과 우인도 뒤따랐다.

"송 대주가 보기엔 어떤가?"

"잘 모르겠습니다. 아직 누구에게 사사한 무공인지도 모르니… 하지만 나이에 비해서는 제법 실력이 있어 보입니다."

서윤이 권왕 신도장천의 제자라는 것은 우인도 모르는 사실이니 정사추나 송추경이 알 리가 없었다.

그렇게 서윤에 대한 이런저런 이야기를 하며 기다리기를 반 시진, 서윤이 운기를 마치고 눈을 떴다.

눈을 뜬 서윤은 운기하던 자세 그대로 움직이지 않았다.

오로지 눈만 뜬 채로 가만히 앉아 있었다.

등 뒤에서 느껴지는 인기척 셋.

만약 악의를 품은 자들이었다면 자신은 죽은 목숨이나 다름없었다.

'우인이 이 자식, 넌 나중에 두고 보자.'

한데 셋 중 한 명이 너무나 익숙한 우인의 기운이다. 그렇다는 이야기는 나머지 두 사람은 청양문 사람이라는 뜻.

결국 이렇게 되고 만 것이다.

'어쩔 수 없지.'

서윤이 자리에서 일어났다. 그러자 나무 밑에 서 있던 정사추와 송추경이 서윤에게 다가갔다.

"반갑네. 난 청양문의 문주인 정사추라고 하네."

정사추의 소개에 서윤은 살짝 놀랐다. 설마하니 청양문의 문주가 찾아올 줄은 몰랐다.

"난 청양문 천웅대 대주 송추경이라 하오."

송추경이 서윤에게 포권을 하며 인사했다. 운기를 마치고 자신의 앞에 서자 서윤의 기도가 생각 이상이었기 때문에 예를 취한 것이다.

"서윤이라고 합니다."

"이렇게 불쑥 찾아와서 미안하네."

"예."

서윤이 살짝 불편한 심기를 드러내며 대답했다. 물론 그것은 우인을 향한 것이지만 송추경이 보기에는 정사추를 향한 것이라 오해할 수 있었다.

그에 송추경의 아미가 살짝 찌푸려졌다.

"몇 가지 묻고 싶은 것이 있는데 물어도 되겠는가?"

"대답해 드릴 수 있는 건 해드리겠습니다."

서윤의 대답에 고개를 끄덕인 정사추가 가장 궁금한 것부터 물었다.

"무공은 누구에게서 사사했는가?"

첫 질문부터 난감한 내용이다.

사실 신도장천에게서 무공을 배웠다는 게 숨길 일은 아니었지만 아직은 밝히고 싶지 않은 것이 서윤의 솔직한 마음이다.

좀 더 무공에 발전을 이루고 그의 이름에 먹칠하지 않을 자신이 있을 때 떳떳하게 밝히고 싶었다.

"비밀로 해주신다면 알려드리겠습니다."

서윤의 대답에 송추경의 눈썹이 꿈틀거렸다. 마음에 들지 않는 대답이다.

"비밀에 붙여야 할 정도라니… 내가 생각하는 것이 아니었으면 좋겠군. 좋아, 비밀로 해주겠네."

정사추가 비밀을 보장하자 작게 한숨을 쉰 서윤이 입을 열었다.

"신도장천. 제 할아버지이자 스승님입니다."

서윤의 입에서 흘러나온 이름에 정사추와 송추경은 깜짝 놀랐다.

설마하니 권왕 신도장천의 이름이 튀어나올 줄은 꿈에도 생각지 못한 것이다.

'그래, 권왕 선배님께 손자가 한 명 있다고 했지.'

신도장천의 장례에 참석한 사람들로부터 서윤의 존재에 대해 들어 대략적으로나마 알고 있는 정사추였지만 눈앞의 서윤이 그 손자일 줄은 꿈에도 생각지 못했다.

"청양문 문주 정사추가 서 소협을 뵈오."

정사추가 서윤에게 다시 예를 차렸다.

정사추뿐만 아니라 송추경 역시 마찬가지였다.

그에 서윤은 이 상황이 어떻게 된 영문인지 몰라 어리둥절했다.

무림의 배분이라는 것에 대해 알지 못하는 서윤으로서는

당연한 반응이었다.

　비록 정사추가 서윤보다 나이가 많고 지위가 높다 하나 신도장천에게 직접 무공을 사사한 서윤의 배분은 자신보다 위라 할 수 있었다.

　그렇기 때문에 처음의 하대를 사과하는 의미에서 다시 예를 취한 것이다.

　이 모든 상황을 옆에서 지켜보고 있던 우인은 어안이 벙벙한 상태였다.

　'윤이가 이런 사람이란 말이야?'

　그냥 동네 친구인 줄 알았는데 알고 봤더니 부잣집 도련님일 때 이런 충격을 받을까?

　우인은 적지 않은 충격을 받았다.

　지금의 이런 상황에 당황해하는 서윤을 향해 정사추가 다시 입을 열었다.

　"일전에 마영방과 충돌이 있다 들었습니다."

　정사추가 존대를 했다. 하지만 그것을 만류할 틈도 없이 그가 다시 말을 이었다.

　"알고 있는지 모르겠지만 본 청양문은 현재 마영방과 일전을 벌이고 있는 중입니다. 힘을 보태주실 수 있겠습니까?"

　그는 돌려 말하지 않고 직접적으로 원하는 바를 말했다. 그것이 정사추의 성격이었다.

　이런 이야기가 나올 것을 우려하고 있던 서윤은 인상을

찌푸렸다. 그러면서 우인을 한차례 흘겨보는 것을 잊지 않았다.

서윤의 시선을 받은 우인은 얼른 고개를 돌려 그의 시선을 피했다. 상황이야 어찌 되었든 우인으로서는 서윤에게 할 말이 없었다.

"죄송합니다."

서윤이 어렵게 대답했다.

이유는 제갈공의 제안을 거절한 것과 같았다.

"다시 한 번 생각해 볼 수는 없습니까?"

"다시 생각해도 답은 같습니다. 지금은 할아버지의 유지를 받드는 게 우선입니다."

신도장천의 유지라고 했다.

서윤이 그렇게 나오니 정사추로서도 더는 고집을 부릴 수가 없었다.

"비록 지금은 어렵다 하나 후에라도 무림을 위해 힘을 보태 주시길 바랍니다."

"때가 되고 제 힘이 필요하다면 얼마든지 그렇게 할 생각입니다. 할아버지의 유지를 받드는 것 외에도 제겐 해야 할 일이 한 가지 더 있으니."

'복수인가?'

서윤의 대답에 정사추가 고개를 끄덕이며 생각했다.

"그럼 이만 내려가겠습니다. 송 대주, 이만 내려가지."

"예."

정사추와 송추경이 등을 돌렸다. 그에 우인도 그들과 함께 산을 내려가려 했다.

"넌 잠깐 남아봐."

'이크!'

서윤의 말에 우인이 움찔했다. 그리고는 어색하게 웃으며 서윤에게 말했다.

"옥이 혼자 가게에서 힘들 텐데……."

"잠깐이면 돼."

서윤의 단호한 목소리에 우인이 시무룩한 표정으로 그에게 다가갔다.

'난 죽었다.'

그로부터 우인은 반 시진 가까이 서윤으로부터 폭풍 잔소리를 들은 후에야 가게로 돌아갈 수 있었다.

서윤으로부터 청을 거절당한 정사추와 청양문도들은 짧은 휴식을 끝내고 마을을 떠났다.

제갈공처럼 서찰로 청했다면 거절하는 것이 한결 수월했겠지만 얼굴을 마주하고 거절하자니 여간 난감한 것이 아니었다.

청을 거절한 탓에 마음이 불편한 서윤은 세차게 고개를 저으며 잡념을 떨쳐 냈다.

지금은 그럴 때가 아니었다.

풍령신공과 풍절비룡권, 그리고 쾌풍보.

지닌 바 무공에 대한 이해와 깊이를 더해야 할 때였다.

5장

제안(提案)

風神徐門

풍신서윤

마을을 떠난 청양문의 진격 방향은 남쪽이었다.

이대로 서쪽으로 계속 간다면 곧 운남.

그곳은 청양문의 관할이 아니었다.

그 이유가 아니더라도 중원 곳곳에서 흑도가 들고일어났지만 운남만큼은 조용했다. 마교의 본거지가 있을 것으로 짐작되는 땅.

그리고 그만큼 무림맹과 정도 무림의 이목이 집중되어 있는 곳.

마치 폭풍 전야를 떠올리게 하는 고요함이 운남 전체를 뒤덮고 있었다.

마영방이 아무리 날고 기는 전력을 갖췄다 하더라도 운남까지 손을 뻗칠 이유가 없다.

이곳 귀주에서 청양문과 싸움을 벌이는 것만으로도 벅찰 터.

청양문의 정사추는 끝을 보기 위해 남하하고 있었다.

마영방주, 그자를 꺾어야 했다.

마을을 떠나 남하하던 청양문의 진격에 제동이 걸린 것은 마을을 떠난 지 사흘째 되는 날이었다.

운남과 지척인지라 제법 지대가 높고 수풀이 우거진 고지대. 같은 귀주 땅에 자리 잡은 청양문이었지만 이런 지형에는 익숙지 않았다.

그렇기 때문에 척후를 보내며 조심스럽게 전진하는 차였다.

그들의 진격이 완전히 멈춰 선 것은 그때였다.

마영방주.

서윤에게 당한 그가 그 큰 덩치를 가리고도 남을 정도의 거목 뒤에서 모습을 드러낸 것이다.

마영방은 방주가 없음에도 강한 단결력과 위력을 보이고 있었다.

이는 방주의 자리를 대신하는 누군가가 있는 것으로 생각할 수밖에 없었다.

그리고 정사추는 그 '누군가'와 검을 섞어본 경험이 있었다.
처음에는 그가 새로운 마영방주인 줄만 알았다.

강하고 위력적인 검초를 뿌리는 자.

그의 무공은 결코 흑도의 무공이라 할 수 없었다. 마공에
뿌리를 둔 듯했지만 어떨 때에는 그렇지도 않은 것 같은, 그
연원을 알 수 없는 무공에 굉장히 고전했다.

고전 끝에 그를 꺾었을 때 그는 이 싸움이 끝이라고 생각했
다.

하지만 싸움은 끝나지 않았고, 마영방의 기세는 더욱 올랐
다.

의아할 수밖에 없었다.

보통 우두머리가 쓰러지면 기세가 바뀌고 전세가 뒤집힐
수밖에 없다.

그런데 전혀 반대의 상황이 펼쳐졌던 것이다.

우두머리가 쓰러졌는데 어째서 기세가 더 오르기만 할까.

그렇게 차곡차곡 쌓여가던 의문이 지금 이 순간 마영방주
의 등장으로 모두 풀렸다.

'피치 못할 사정이 있었던 게로군.'

일신에 문제가 생겨 수습할 시간이 필요했던 것이다.

그렇지 않고서야 이제야 모습을 드러내는 건 말이 되지 않
았다.

"마영방주."

"청양문주인가?"

걸걸하고 우렁찬 목소리가 숲 전체에 울려 퍼졌다.

대신 대답이라도 하려는 듯 새들의 푸드득거리는 소리가 사방에서 들려왔다.

"그렇다. 내가 정사추다."

"좋군."

마영방주가 씩 웃었다. 그러면서 한 쌍의 기형도를 꺼내 들었다.

그러자 숲 곳곳에서 마영방도로 보이는 자들이 모습을 드러냈다.

잠복? 아니다. 저들은 모습만 숨겼을 뿐 기도를 숨기지 않았다. 아니, 정확히 말하면 기도를 숨길 수 없는 실력이다.

이미 이곳에 도착했을 때부터 그들의 존재는 알고 있었다.

능력이 안 되는 잠복은 그 위력을 상실한다.

그렇다면 그들도 이곳에서 끝을 보기 위해 기다리고 있었다는 뜻이다.

저들은 이곳 지형에 익숙하고 청양문은 그렇지 못하다.

전력의 열세를 지형을 이용하여 상쇄하는 것, 병법의 기본 중 하나이다.

'머리가 있군.'

정사추는 골치 아픈 싸움이 될 것이라 생각했다. 하지만 더 이상 생각을 이어갈 수가 없었다.

믿기 힘든 속도로 마영방주가 쇄도해 오고 있었다.

한 쌍의 기형도를 반원을 그리듯 앞쪽으로 휘둘러 왔다.

만약 잡념이 조금 더 길게 이어졌더라면, 아니, 마영방주가 쇄도해 들어오는 속도가 조금 더 빨랐다면 정사추의 가슴은 그대로 갈라졌을 것이다.

정사추는 화들짝 놀라며 뒤로 물러섰다.

휘청!

하지만 이내 무언가 발에 걸리는 느낌과 동시에 중심을 잃었다.

정사추의 얼굴에 낭패한 기색이 떠올랐다.

마영방주는 그 기회를 놓치지 않았다.

절묘한 순간에 측면을 점하며 기형도를 뿌렸다.

일렁이는 기운을 담은 한 쌍의 도.

'도기(刀氣)!'

마영방주의 실력이 이 정도였던가.

하지만 정사추는 그것을 따질 여유가 없었다.

팽그르르!

정사추의 몸이 회전했다.

그리고 그 탄력을 이용해 지면을 박차며 빠르게 거리를 벌렸다.

쩌적!

마영방주의 기형도가 근처에 있는 나무 밑동을 그대로 잘라 버렸다.

도끼로도 쉽게 잘리지 않을 나무 밑동이 말끔하게 잘렸다.

예상을 상회하는 위력.

정사추의 얼굴에 긴장의 빛이 피어올랐다.

"피하는 게 제법이구나!"

마영방주가 멈추지 않고 쇄도했다.

방어는 생각지 않는 듯 오로지 공격 일변도이다.

하지만 그것만으로도 충분했다. 정사추는 당황하며 가진 바 위력을 다 발휘하지 못하고 있었다.

익숙하지 않은 지형과 예상치 못한 마영방주의 실력.

그 두 가지가 변수가 되어 정사추를 옭아매고 있었다.

까가가가강!

어지럽게 쇄도하는 마영방주의 기형도를 정사추는 필사적으로 막아내고 있었다.

하지만 그것도 오래가지 못했다.

마영방주가 가지고 있는 지형의 이점.

그것이 처음으로 정사추의 발목을 제대로 잡았다.

파악!

정사추의 팔뚝에서 피가 튀었다.

상처 부위는 검을 쥔 오른팔.

이는 정사추가 본신의 실력을 더욱 발휘하기 어렵다는 것과 같았다.

상황이 악화되자 먼저 정신을 차린 쪽은 청양문이었다.

마영방주의 공격이 워낙 갑작스러웠기에 멍하니 보고만 있던 청양문이 움직이기 시작했다.

청양문도들이 흉흉한 살기를 내뿜는 마영방도들을 향해 달려들었다.

그리고 곧 숲 전체에 날카로운 병장기 소리가 퍼지기 시작했다.

이를 악물고 서로를 향해 뿌리는 살초.

청량한 기운을 머금어야 할 숲을 지독한 혈향과 혈무가 뒤덮기 시작했다.

"으아아아!"

기합인지 절규인지 모를 소리가 튀어나오기 시작한다.

전장의 모습은 무공을 익힌 무림인들의 전투라 보기 어려웠다.

오로지 눈앞의 적을 베어 넘기는 데 급급한 막싸움.

이는 마영방에게 더 익숙한 싸움 방식이라 할 수 있다.

하나둘 쓰러지는 문도들을 보며 정사추의 눈이 뻘겋게 충혈되기 시작했다.

이를 악물고 힘을 내기 시작하는 정사추의 검이 점차 마영방주의 기형도를 밀어내기 시작했다.

마영방주의 흉흉한 기세는 여전했다.

하지만 두 사람 사이의 기세는 점차 균형을 맞춰가는 형국이다.

안정을 찾아가는 정사추.

그리고 조금씩 기세를 내어주는 마영방주.

변수를 뛰어넘는 무위의 차이가 서서히 힘을 발하고 있었다.

서로를 향한 살기를 담은 서슬 퍼런 검과 도가 교차되기를 몇 차례.

정사추와 마영방주의 몸에 수십 개의 자상이 새겨졌다.

흘러나오는 피를 지혈하려는 생각 따위는 없었다.

이 자리에서 너도 죽고 나도 죽는다는 일념으로 부딪치는 두 사람이다.

잠시 숨을 고른 두 사람은 다시금 서로를 향해 검과 도를 휘둘렀다.

서걱!

거의 동시에 들린 소리.

검과 도를 교차한 두 사람의 몸에서 피가 솟구쳤다.

정사추는 왼팔, 마영방주는 허벅지다.

잘려 나가지는 않았으나 당장 봉합해야 할 정도의 부상을 입은 정사추다.

하지만 겨우 매달려 있는 왼팔이 힘을 잃고 축 늘어졌음에도 그는 다시 마영방주에게 달려들었다.

마영방주 역시 몸을 돌려 기형도를 휘둘렀다.

이제는 무공 싸움이 아니었다.

숲 전체로 퍼져 죽고 죽이는 막싸움을 하고 있는 문도들과 마찬가지로 두 사람 역시 그렇게 싸우고 있었다.

상처를 입으면 상처를 입는다.

지금까지 생긴 상처와 비교도 안 될 숫자의 자상이 몸에 생겨났다.

두 사람이 흘린 피가 땅을 적시고 있었지만 그것은 전혀 문제가 되지 않았다.

정사추가 빠르게 돌진했다.

왼팔에서 정신이 아득해질 정도의 통증이 몰려왔지만 이를 악물며 마영방주만을 노려보았다.

마영방주의 기형도가 빠르게 가까워지고 있다.

목을 노리는 궤적.

하지만 정사추는 속도를 늦추거나 피하지 않았다.

'가라!'

찔러들어 가는 검을 그 속도에 맞춰 앞으로 던지듯 쏘아 보냈다.

서걱!

푹!

서로 다른 일격을 뜻하는 소리가 동시에 들렸다.

정사추의 목은 몸과 분리되어 바닥에 떨어졌고, 마지막으로 정사추가 던진 검은 마영방주의 심장을 뚫고 등 뒤로 튀어 나와 있다.

쿠웅—!

목을 잃은 정사추의 몸과 심장을 꿰뚫려 생명력을 잃어가는 마영방주의 몸이 동시에 쓰러졌다.

만약 전에 서윤과 마영방주의 일전이 없었다면 서 있는 쪽은 마영방주였으리라.

몸을 단단하게 만드는 외가기공과 함께 그에 필적하는 내공을 지니고 있던 마영방주다.

어찌어찌 내상을 수습하고 이 자리에 나타나긴 했지만 서윤으로 인해 깨져 버린 외가기공은 쉽게 회복되기 어려운 것이었다.

그 덕에 정사추가 목이 떨어지는 순간 온 힘을 다해 던진 검이 마영방주의 심장을 꿰뚫을 수 있었던 것이다.

문주와 방주가 죽었다.

청양문도들의 눈에 붉은빛의 살기가 돌았다.

그것은 마영방도들도 마찬가지.

"크아아아!"

청양문의 송추경이 괴성을 지으며 검을 뿌렸다.

다 죽여 버리겠다는 듯이.

우두머리를 잃은 청양문과 마영방의 싸움은 곧 종국으로 치달았다.

                    *   *   *

"위험합니다."

무림맹 밖으로 나갈 채비를 하는 제갈공을 향해 그의 아들
인 제갈명(諸葛明)이 단호하게 말했다. 하지만 제갈공은 덤덤
한 표정으로 채비를 계속할 뿐이다.

"지금이 어떤 시국인데 그 먼 귀주성까지 가려 하십니까!"

"해야 할 일이다. 그러니 가는 게지. 게다가 무림이 언제는
위험하지 않은 적이 있더냐?"

"하지만……."

"더 이상 아무 말 말거라."

더 이상의 이야기는 듣지 않겠다는 듯 단호하게 말을 끊는
제갈공을 보며 제갈명은 입을 다물었다.

하지만 표정에는 답답함과 걱정 등의 감정이 복합적으로 묻
어나고 있었다.

"그런 표정 지을 것 없다. 무사히 다녀올 테니 그전까지 청
운각(靑雲閣)의 일이나 잘 처리하고 있거라. 뭐 하나 빼먹지 않
도록 꼼꼼히. 넌 꼼꼼함이 부족하니 령아와 함께하는 것도
좋겠구나."

청운각은 무림맹으로 들어오는 모든 정보를 분류, 취합, 분
석하는 기관이다.

"아버지!"

제갈공을 부르는 제갈명의 목소리에 안타까움이 그대로 묻어나고 있다.

"다녀오마."

채비를 마친 제갈공이 문을 나섰다.

밖에는 제갈공을 호위하기 위한 무룡단(武龍團) 두 개 대대가 준비하고 있었다.

무림맹에서도 세 손가락 안에 드는 무력 부대인 무룡단의 호위라면 든든하기는 하지만 현 무림의 시점이 너무나 좋지 않았다.

'도대체 그가 어느 정도길래……'

권왕 신도장천의 손자라는 서윤.

이름 외에 알려진 것은 아무것도 없었다. 그런 자가 무림맹주의 청을 거절하는 바람에 군사인 제갈공을 직접 나서게 만들었다.

이렇게 위험한 시점에.

'얼마나 대단한 놈인지 두고 보자.'

제갈명이 이를 갈았다.

*　　　　*　　　　*

후끈한 열기가 감도는 내실 안.

열 명 정도의 인원이 원탁에 둘러앉아 있다.

열띤 토론이라도 펼치려는 듯 모두가 할 말이 많은 눈치다. 하지만 아무도 입을 여는 사람이 없었는데 아직 비어 있는 한 자리 때문인 듯했다.

잠시 후, 내실의 문이 열리며 한 사람이 들어왔다.

세상의 모든 풍파가 비켜가는 듯 평화롭기만 하던 장원에 있던, 그리고 신도장천의 목숨을 빼앗은 그 사내였다.

그가 안으로 들어오자 모두의 시선이 그에게 쏠렸다.

모든 시선이 자신에게 꽂혔음에도 사내는 덤덤한 표정으로 비어 있는 자리에 앉았다.

그러고는 사람들을 둘러본 후 입을 열었다.

"자, 얘기해 보십시오."

사내의 말에 방금 전까지 할 말이 많은 듯 보이던 사람들이 서로 눈치만 보고 있다.

정작 멍석을 깔아주면 못하는 것과 같았다.

"하고픈 말들이 많으실 텐데요."

사내의 말에 작심한 듯 누군가 입을 열었다. 백발이 성성한 것이 선해 보이는 노인이다.

"언제까지 우리는 뒷전에서 구경만 해야 합니까?"

"아직은 때가 아닙니다."

사내의 대답에 이번에는 덩치가 좋은 또 다른 노인이 나섰다. 과거 촉의 장비가 늙었다면 이런 모습일까.

"때가 아니라고 하면 그만인 것이 아닙니다! 이렇게 하여 천하를 수중에 넣은들 무슨 소용입니까?"

그의 말에 모두가 동감한다는 듯 고개를 끄덕였다. 그와 동시에 곳곳에서 불만의 목소리가 터져 나왔다.

하지만 사내는 도리어 미소를 지은 채 입을 열었다.

"여러분은 발가락을 자르고 손가락을 부러뜨린다 하여 죽습니까?"

사내의 말에 방금 전 원성을 토해낸 덩치 큰 노인이 탁자를 주먹으로 내려쳤다.

쾅!

워낙 큰 주먹으로 내려친 터라 혹여 부서지지는 않을까 했으나 튼튼하게 만들어진 듯 탁자는 한 번 심하게 흔들리고 말았다.

"그걸 말이라고 하십니까!"

스릉.

"더 이상의 무례는 용납하지 않겠습니다."

어느새 노인의 목 언저리에 시퍼렇게 날이 선 검이 닿아 있다. 사내가 들어올 때 함께 온, 항상 사내의 시중을 들던 여인이다.

"그만해 둬. 어른은 공경해 드려야지."

사내의 말에 여인이 검을 거두고 한 걸음 물러섰다. 그러자 노인이 여인을 죽일 듯 노려보았다.

자신을 향해 날아드는 지독한 살기에도 여인의 표정은 태연하기 그지없었다.

그러자 사내가 나서서 분위기를 풀었다.

"그쯤 해두시고 제 질문에 답부터 하십시오."

"손가락, 발가락 없다고 죽을 사람은 없겠지요."

사내의 말에 처음 입을 연 노인이 답했다. 그러자 사내가 고개를 끄덕이며 말을 이었다.

"맞습니다. 손가락, 발가락이 없다 하여 사람이 죽지는 않습니다. 먹고 자고 싸는 데 아무런 지장이 없다는 뜻이죠. 그와 같습니다. 흑도를 움직여 정도를 친 것은 손가락 몇 개 부러뜨린 것에 지나지 않습니다. 우리는 저들의 심장을 칠 때를 기다려야지 고작 손발을 잘라내는 지금부터 움직일 필요가 없습니다."

사내의 말에 아무도 입을 열지 않았다. 그렇게 잠깐의 침묵이 이어진 후 처음의 그 노인이 다시 입을 열었다.

"맞는 이야기입니다. 하지만 손가락, 발가락과 지금의 이야기는 다릅니다. 전쟁이고 전공이 있습니다. 혹여 나중에 저들이 자신들의 공을 내세워 목소리를 높이면 골치 아파집니다."

노인의 말도 맞는 말이라는 듯 사내가 고개를 끄덕였다.

"우리가 움직이기 전에 꼬리를 자를 겁니다. 거치적거리는 건 미리 정리를 해야겠죠. 우리는 튼튼한 갈빗대를 뚫고 한

번에 심장을 가를 수 있도록 지닌 검날을 세워놓는 데 집중하면 됩니다."

사내의 말에 모여 있는 사람들의 예기가 한풀 꺾였다.

장내가 어느 정도 정리된 듯하자 사내가 자리에서 일어났다. 그에 처음의 그 노인이 다시 질문을 던졌다.

"마지막으로 묻겠습니다. 이렇게 신중을 기하는 이유가 무엇입니까?"

그 질문에 사내가 미소를 지으며 답했다.

"너무나 당연한 걸 물으십니다. 과거의 실패를 두 번 겪지 않기 위함입니다. 실패는 한 번으로 족하지요."

그 말을 남기고 사내는 내실을 나섰다.

남은 노인들의 입에서 작은 한숨이 터져 나왔다.

＊　　　＊　　　＊

마영방과 청양문의 싸움은 청양문의 승리로 끝났다.

하지만 문주가 죽고 장로 중 절반이 죽어나갔다. 게다가 문도의 숫자가 절반 이하로 줄었으니 승리하고도 승리의 기쁨을 누릴 수가 없었다.

예상보다 큰 피해를 입고 많은 사상자가 나는 건 큰 싸움이 벌어지면 어쩔 수 없는 결과 중의 하나이다.

하지만 문주와 장로들의 죽음은 치명타였다.

고수 한둘의 숫자가 줄어드는 것을 말하는 것이 아니다.

문파를 이끌어갈 사람의 부재.

빈자리는 결국 누군가가 채우겠지만 그 혼란은 쉬이 잡히지 않는 법이다.

청양문이 재기하기 위해서는 제법 오랜 시간이 걸려야 할 것이다.

이러한 결과는 청양문에 국한된 것이 아니었다.

흑도 방파와 일전을 벌인 다른 문파들 역시 비슷한 결과를 받아들여야만 했다.

재기를 위해 시간과 공을 들여야 하는 중급 문파의 숫자만 대략 이십여 곳.

거기에 더 작은 규모의 문파들까지 합치면 족히 쉰 곳에 가까운 문파가 봉문을 해야 할 지경에 이르렀다.

정도 무림의 수심은 깊어만 갔다.

*   *   *

서윤은 신도장천의 움직임을 떠올리며 수련에 매진했다.

점차 흐릿해져 가는 신도장천과의 대련이지만 서윤은 어떻게든 그 조각들을 붙들어가며 수련하고 있었다.

슈욱! 파앙!

뻗어내는 주먹에 힘이 깃든다.

하지만 서윤은 만족스러운 표정이 아니었다.

분명 초식과 진기의 운용에 있어서는 예전보다 많은 발전을 이룬 서윤이다.

숙달됐다고 생각한 부분에서도 더욱 발전할 부분이 있다는 사실에 서윤은 그동안 자신이 얼마나 아둔한 생각을 하고 있었는지 깨닫게 되었다.

서윤은 당장의 눈앞을 보지 않았다.

후반 이 초식의 깨달음에 매달려 지금까지 익혀온 것을 소홀히 한다면 후반 이 초식을 익힌다 한들 모래 위에 짓는 성에 불과했다.

'주변의 공기를 빨아들여 이용하는 것, 단순히 힘이나 내력으로 할 수 있는 건 아니다. 다른 무언가가 필요해.'

서윤은 신도장천의 움직임을 떠올렸다.

하지만 대련할 때 그의 움직임에서는 큰 실마리를 얻기가 어려웠다.

'풍절비룡권에서 주변 공기를 이용하는 시작점은 비틂이다. 비틂, 나선(螺線)인가?'

회전력을 이용한 공기의 제어.

풍절비룡권은 빠른 내지름에 진기의 위력을 더하고 거기에 비틂을 이용해 최대한으로 주변 공기를 이용한다.

서윤은 여기서 '비틂'에 주목했다.

비튼다는 것은 궁극적으로 일직선이 아닌 나선이라는 뜻.

하지만 몸이, 그리고 팔이 나선으로 회전하는 데에는 한계가 있다.

'비틀어 튕긴다. 비틀어 뻗어낸다. 비틂을 좀 더 가져갈 수 있다면?'

서윤은 고개를 저었다.

일정 선 이상으로 비트는 건 불가능했다.

'결국 풍절비룡권이 아닌 풍령신공인 건가?'

서윤은 풍령신공 팔단공에서 더 이상의 진보가 없었다. 과거와 달리 작정하고 풍령신공에 매달리지 않는 까닭도 있지만 그만큼 팔단공에서 구단공으로 올라서는 것이 어려운 이유도 있었다.

'상단전을 열어야 해.'

서윤이 내린 결론이다.

하단전에 국한된 것이 아닌 몸 전체가 기운을 담는 그릇이 된다면 주변의 기운을 나 자신의 기운처럼 활용하는 것도 가능할 것이라는 막연한 예상이다.

'하지만……'

서윤의 표정이 더욱 진중해졌다.

팔단공에 들어서면서 서윤의 중단전은 열린 상태였다.

하지만 풍령신공의 진기는 주로 하단전에 머물렀다. 중단전의 문은 열렸지만 제대로 활용하고 있지 못한 것이다.

'상단전은 나중에 생각한다. 중단전이 우선이야. 그렇게 되

면 구단공에 대한 실마리도 보이겠지.'

상단전은 보류한다.

이는 후반 이 초식에 대한 공부도 잠시 미뤄둔다는 뜻이었다.

막연하던 목표가 좁혀지며 뚜렷해졌다.

그럼에도 머뭇거릴 정도로 서윤은 아둔하지 않았다.

그날부터 서윤은 곧장 중단전의 활성화를 위한 공부에 들어갔다.

봄이 시작되는가 싶더니 어느새 조금씩 더운 기운이 올라오고 있다.

숲의 푸름은 절정을 향해 달려가고 있고, 대지에 뿌려진 생기는 더 기운을 더하고 있었다.

흑도 방파와 정도 문파 간의 싸움이 끝난 후 또다시 불안한 평화가 찾아왔다.

짧은 혼란의 연속.

차라리 악재가 한 번에 벌어지면 속 시원하게 처리하고 말겠으나 그런 것이 아니다 보니 정도 무림에는 불안감이 깊게 뿌리내리고 있었다.

세상의 그런 근심 걱정을 뒤로한 채 서윤은 무공 수련에 매진 중이다.

중단전을 활성화하는 것은 생각보다 쉽지 않았다.

처음에는 진기를 중단전으로 인도해 자리 잡게 만들 생각이었으나 좀처럼 마음먹은 대로 되지 않았다.

새집이 마음에 안 들어 살지 않겠다는 듯 중단전으로 인도한 진기는 어느새 다시 하단전으로 돌아와 틀어박혀 있었다.

가장 유력한 방법이 막히고 나자 또다시 답답함이 몰려왔다.

다른 방법을 생각해 보지 않은 것이 아니다.

풍령신공의 구결을 따라 진기를 인도하고 중단전에 새로운 기운을 쌓는 방법도 시도해 봤다.

하지만 그럴 때마다 반응하는 것은 하단전의 진기일 뿐 중단전에서는 미약한 바람 한 줄기도 느낄 수가 없었다.

그러나 서윤은 포기하지 않았다.

연구하고 또 연구하며 방법을 찾아내려 애썼다.

그런 나날이 이어지고 있을 때 손님이 찾아왔다.

제갈공.

서윤을 설득하기 위해 무림맹을 떠난 그가 마침내 도착한 것이다.

"이런 곳에서 살고 있었군. 차라리 마을에 있는 장원에 터를 잡는 게 나을 것도 같은데."

제갈공이 집을 둘러보며 말했다. 그에 서윤은 가타부타 말하지 않고 찻잔에 차를 따랐다.

"그곳에서 혼자 살기 어렵겠다 싶으면 사람을 붙여줄 수도 있는데."

"좋은 목적으로 지어진 것도 아니고 많은 이의 피가 뿌려진 곳입니다. 그리고 전 이곳이 좋습니다."

서윤의 무심한 대답에 제갈공은 멋쩍은 표정을 지으며 차를 마셨다.

"좋지 않은 목적으로 만들어졌지만 좋은 목적으로 사용하는 건 인력(人力)으로 충분히 가능한 일이지."

"저 사는 걱정으로 오신 건 아닐 텐데요."

서윤이 제갈공의 말을 잘랐다.

언뜻 무례해 보일 수 있는 언사. 하지만 제갈공은 불편한 심기를 드러내지 않았다.

"대답이 단호하더군. 이유가 알고 싶어 왔다네."

"딱히 이유라고 할 것은 없습니다. 전 이곳이 좋고 이곳에서 해야 할 일이 있을 뿐입니다."

"해야 할 일?"

제갈공의 질문에 서윤은 대답하지 않았다.

"마을을 지키는 것을 말함인가, 아니면 다른 무언가를 말함인가?"

제갈공의 말에 서윤이 말없이 그를 바라보았다. 그러자 제갈공은 별것 아니라는 듯 입을 열었다.

"무림맹의 각 지부에 들어온 정보는 모두 무림맹 청운각으로 전달되지. 그리고 그것에 대한 보고를 받고 판단하는 것은 내 몫이고."

서윤은 고개를 끄덕였다.

자신에 대한 이야기를 구양경이 보고하지 않았을 리 없다.

"자네가 이곳에 있다 하여 마을을 위험에서 구할 수 있으리라 생각하나?"

"하는 데까지 해봐야지요."

"틀렸네."

제갈공의 대답은 단호했다. 그에 서윤이 제갈공에게 부연 설명을 원하는 눈빛을 보냈다.

"자네는 아직 넓은 세상을 몰라. 세상은 온갖 이해관계가 맞물려 돌아가지. 마영방이 이 마을에 온 것도 수많은 이해관계가 낳은 결과물일 뿐이야. 마영방의 배후에 더 큰 적이 있다는 건 대충 들어서 알고 있겠지?"

"그렇습니다."

"그들은 이 마을을 건드릴 이유가 없어. 마영방이 당해서? 그랬다면 진작 더 강한 고수들을 데려와서 마을을 쓸어버렸겠지. 하지만 그러지 않았네. 왜 그런 줄 아는가? 이 마을은 그들의 목적이 아니기 때문이야."

서윤은 가만히 제갈공의 이야기를 듣고만 있었다.

"저들이 원하는 건 중원 전체라네. 중원에 비하면 이 마을은 바닥에 기어가는 개미 한 마리 정도의 비중이랄까? 중원을 목표로 한 자들이 마을 하나에 신경 쓸 리가 없지."

제갈공의 말에 서윤은 몇 차례 고개를 끄덕였다. 조금은 이해할 것도 같았다.

"그렇다고 이 마을이 위험하지 않은 것도 아니네."

서윤이 다시 제갈공을 바라보았다. 그러자 제갈공이 말을 이었다.

"저들이 중원을 원하는 만큼 중원 전체가 싸움터가 될 걸세. 콕 집어 이 마을에서 싸움이 벌어진다는 뜻이 아닐세. 하지만 싸움이라는 것이 일정한 지역을 정해 놓고 하는 것이 아니니 이 마을이 전쟁터가 되지 말라는 법도 없네. 자네는 마을에 직접적으로 위해를 가하는 것만 막으면 된다고 하겠지만 그것이 그리 간단한 게 아니야."

서윤이 생각하는 세상과 제갈공이 말하는 세상.

좁은 세상과 넓은 세상.

사실 다를 것은 없었다. 다만 넓은 세상을 보고 경험하지 못한 서윤은 그 범위를 확장하지 못하고 있을 뿐이다.

제갈공은 그런 서윤에게 더 큰 세상을 알려주고 있었다.

"그렇다면 이 마을이 위험해지지 않게 하기 위해서는 어떻게 해야 할까?"

"위험이 오지 못하도록 사전에 차단해야겠지요."

"그렇지! 그것일세. 사전에 차단해야겠지. 만일 위험 요소가

한 사람이라면 찾아가서 죽여 버리면 그만일세. 하지만 저들
은 문파이고 단체야. 그들에게 혼자 힘으로 맞선다? 절대 불
가능한 일이지. 혹여 마영방을 상대로 홀로 맞선 경험을 떠올
린다면 잊게나. 우리의 적은 마영방 한 곳과는 비교도 할 수
없을 정도로 거대하고 강하다네. 자네만 한 고수가 수두룩하
단 말이네."

서윤은 마영방주 정도 되는 자들이 물밀 듯 밀려오는 광경
을 생각했다.

결코 막아낼 수 없으리라.

그런 상념을 제갈공이 깨뜨렸다.

"단체와의 싸움은 단체가 해야 하네. 문파에 속하여 무공
을 사사한다면 속한 문파가 될 수 있을 것이고 자네처럼 그렇
지 않다면 무림맹이 될 수도 있겠지. 자네는 두 가지를 생각하
고 있네. 지키는 것과 복수하는 것. 그 두 가지 모두 혼자의
힘으로는 불가능하네. 그렇기 때문에 자네에게 무림맹으로 오
라 한 것이네."

열변을 토해낸 제갈공이 목을 축이려는 듯 차를 한 모금
마셨다.

"물론 자네를 무림맹에 불러들이려 한 것에는 한 가지 이유
가 더 있네."

"그게 무엇입니까?"

서윤의 물음에 제갈공이 진지하게 눈을 맞추며 물었다.

"솔직하게 얘기하겠네. 권왕 선배님께 직접 무공을 사사한 자네 정도의 고수 한 명이 무림맹에는 아쉬운 상황이라네. 한 명이라도 더 필요하다는 뜻이지."

서윤은 고개를 끄덕였다. 어떻게 해야 할까.

제갈공의 이야기를 들으니 무림맹으로 가는 것이 맞다는 생각이 들었다.

하지만 자신의 터전인 이곳을 떠나는 것이 쉽지 않았다.

집도 집이지만 정이 들어버린 마을 사람들, 그리고 친구인 우인과 동생 같은 소옥이 자꾸 눈에 밟혔다.

서윤이 속으로 갈등하고 있을 때, 제갈공이 다시 입을 열었다.

"이곳에 올 때에는 마을의 안전은 내가 보장하고 어떻게든 자네를 설득해 무림맹으로 데려가려고 했네. 하지만 오면서 마음이 바뀌었어."

제갈공의 말에 서윤이 의아한 표정으로 그를 바라보았다.

"이곳을 떠나는 것이 쉽지 않겠지. 마음에 걸리는 게 많을 거야. 짧은 인생을 살았지만 자네가 겪은 아픔을 모르지 않네. 그렇기 때문에 더욱 힘들겠지. 그러니 이곳에 있게."

제갈공의 말은 앞뒤가 맞지 않았다. 도대체 무슨 심경의 변화가 있었던 것일까?

"내가 처음에 한 말 기억하나? 마을의 장원에서 지내라고 했던 말. 좋은 목적으로 활용하는 건 인력으로 가능하다고 한 말."

"기억합니다."

서윤의 대답에 제갈공이 고개를 끄덕이며 말을 이었다.

"자네는 그 장원에 터를 잡게. 그리고 무림맹에서 보내는 사람들과 무림맹 지부 역할을 하게."

서윤이 제갈공을 바라보았다.

"자네도 알다시피 이곳은 운남과 지척인 곳이야. 하루 반나절만 가면 운남 땅이지. 운남에는 적의 본거지가 있을 것으로 짐작되네. 꽁꽁 숨어 있기에 정확히 어딘지는 모르지만 운남 어딘가에 있다는 건 확실해. 자네는 이곳에서 무림맹 사람들과 그들을 견제하는 역할을 해주게. 맹에서 가끔 이런저런 명령이 내려오면 그대로 수행해 주면 된다네."

제갈공의 제안은 서윤에게도 좋고 무림맹에도 좋은 일이었다. 하지만 서윤은 쉽게 결정을 내리지 못했다.

"시간을 주십시오."

"오래는 못 주네."

"다녀올 곳이 있습니다."

"대륙상단인가?"

제갈공이 이미 짐작하고 있다는 듯 묻자 서윤은 고개를 끄덕였다.

무림맹에 들어가는 일.

자신 혼자만의 판단으로 결정 내리기가 어렵다면 설군우에게 조언을 구해봐야겠다는 게 서윤의 생각이었다.

"그렇게 하게."

제갈공이 찻잔에 남은 차를 마저 입에 털어 넣은 뒤 자리에서 일어났다.

그리고 집 밖으로 나가려다가 발걸음을 멈추고 서윤을 바라보았다.

"이곳에서 혼자 무공 수련을 하는 것보다는 다른 이와 함께 하는 것이 더 도움이 될 걸세. 답보 상태라면 더더욱. 독학이라는 건 언제나 어려운 법이거든."

그 말을 남기고 제갈공은 밖으로 나갔다.

그러자 대기하고 있던 무룡단 무인들이 고개를 숙이고는 제갈공을 따라 나섰다.

산을 내려가는 그들을 보는 서윤의 눈동자에 깊은 고민이 자리했다.

저녁 장사를 마치고 가게 정리를 하던 우인은 문 앞에 와 있는 서윤을 보곤 놀란 표정을 지었다.

오전이나 낮 시간에 온 적은 있어도 이렇게 어두운 시간에 찾아온 적은 한 번도 없는 까닭이다.

"무슨 일이야, 이 시간에?"

"술 한잔하자."

"술?"

또 한 번 놀라는 우인이다.

그간 서윤과 알고 지내면서 함께 술을 마셔본 적이 없다.

서윤이 먼저 술 한잔하자고 하는 것도 당연히 처음 듣는 말이다.

어리둥절한 표정으로 자신을 바라보는 우인을 향해 서윤은 미소를 지어 보였다.

가게 정리를 마친 우인은 서윤과 함께 근처 주막으로 향했다. 소옥도 함께였는데 끝까지 따라가겠다고 고집을 피우는 통에 결국 데리고 올 수밖에 없었다.

"세상에, 내가 여동생한테 술 따라주는 날이 올 줄이야."

우인은 그렇게 투덜거리면서도 기분 좋은 표정이다. 그만큼 동생이 컸다는 생각에 뿌듯하고 기특한 생각도 드는 그였다.

서윤은 우인이 자신의 잔에 술을 채워주자 술병을 건네받아 우인의 잔에도 술을 채워주었다.

"일단 한잔 마시고 보자."

우인이 잔을 들었다. 그러자 서윤과 소옥도 잔을 들어 서로 부딪쳤다.

쨍 하는 청아한 소리가 울렸다.

"캬! 역시 술은 쓴맛에 마시는 거지!"

술을 들이켠 우인이 호들갑을 떨었다. 서윤은 표정에 큰 변화가 없었고 소옥은 입안 가득 퍼지는 쓴맛에 인상을 잔뜩 찌푸렸다.

"그런데 무슨 일이야? 술을 다 마시자고 하고."

우인의 물음에 미소를 지은 서윤이 답은 않고 우인의 잔에 술을 따라주었다.

"무슨 고민 있냐?"

"어."

짧게 대답한 서윤이 소옥의 잔에도 술을 채웠다.

"너도 고민 있을 때가 있냐?"

"난 뭐 사람도 아니냐?"

우인의 물음에 서윤이 당연한 것 아니냐는 듯 대답했다. 하지만 우인은 지금껏 서윤이 고민하는 모습을 보인 적이 없기에 놀라고 있었다.

진지할 땐 진지했지만 서윤은 항상 밝았다.

그런 그에게 고민이 있을 거라는 생각은 한 번도 해본 적이 없었다.

그런데 고민이라니.

오늘 서윤 때문에 여러 번 놀라는 우인이었다.

"고민이 뭔데? 혹시 오늘 찾아온 사람들 때문이냐?"

"맞아. 그 사람들 때문이야."

"속 시원하게 얘기해 봐. 우리가 얼마나 도움이 되겠느냐마는 털어놓는 것만으로도 마음이 편해지기도 하더라."

우인의 말에 고개를 끄덕인 서윤이 입을 열었다.

"난 지금 사는 곳에서 나고 자랐어. 부모님과 행복하게 지내는 평범한 소년이었지. 그러다가 할아버지를 만났고, 얼마 안 가 부모님을 잃었지. 내게 있어서 의지할 사람은 할아버지밖에 없었어."

우인과 소옥은 서윤의 이야기를 가만히 듣고만 있었다.

"할아버지에게서 무공도 가르쳐 주시고 나에게 정말 잘해 주셨지. 부모님을 잃은 아픔을 조금이라도 빨리 잊을 수 있던 건 할아버지가 계시기 때문이었어. 그런데 할아버지마저 돌아가셨지. 누군가의 손에……."

지금 서윤이 하는 이야기는 우인과 소옥으로서도 처음 듣는 이야기였다. 대충은 알고 있었지만 자세한 것을 듣는 것은 처음이다.

"오늘 왔다 간 사람들, 무림맹 사람들이야. 나보고 무림맹에 들어오라 하더라고. 할아버지를 죽인 자들은 단체이고 혼자의 힘으로는 복수할 수 없다고. 그리고 이 마을을 지키는 것도 불가능하다고."

"그럼 마을을 떠나는 거냐?"

우인의 물음에 서윤은 고개를 저었다.

"아니. 마영방이 쓰려던 그 장원, 그곳에 터를 잡고 보내주는 무림맹 사람들과 임무 수행을 하라더라고."

"마을을 떠나는 것도 아니고, 복수를 위해서도 더 잘된 일이고, 네가 고민하는 게 도대체 뭐야?"

우인의 물음에 서윤은 아무런 대답도 하지 못했다.

고민하는 것이 무엇일까.

우인의 말처럼 마을을 떠나는 것도 아니고 복수를 위해서
도 좋은 일이다.

그런데 왜 고민이 될까.

"그런 거 같아. 어딘가에 소속되어 누군가와 함께 지내면서
명령을 받아 임무를 수행하고, 그런 것들이 익숙하지 않으니
까. 막연한 두려움 같은 거라고 해야 하나. 게다가 그들의 제
안을 받아들이면 난 본격적으로 무림이라는 세계에 뛰어들게
돼. 할아버지를 죽음으로 몰아넣은 그 무림, 솔직히 말하면
자신이 없어."

서윤의 말에 우인과 소옥이 고개를 끄덕였다.

자신이 지금까지 살아오면서 해온 고민과는 차원이 다른
이야기에 우인은 무슨 말을 어떻게 해주어야 할지 알 수가 없
었다.

그때 입을 연 것은 소옥이었다.

"오라버니, 저도 예전에 어디서 들은 말인데요, 해보지도 않
고 두려워할 필요는 없대요. 해보기도 전에 두려워하고 걱정
하고 고민하는 건 전부 다 내 머릿속에서 키우는 거라고 하더
라고요."

소옥이 담담하게 말했다.

두려워하지 말라고, 용기를 가지고 해보라고, 망설이지 말라고.

우인이 의외라는 듯 소옥을 바라보았다.

'얘가 이런 얘기도 할 줄 아나?'

언제까지나 어린 동생인 줄만 알았다. 그런데 이런 때에 이런 이야기를 차분하게 할 수 있을 정도로 커 있었다.

겉모습만이 아니라 생각하는 것도 어른이 되어 있는 소옥이었다.

"기특하네."

우인이 소옥의 머리를 쓰다듬으며 칭찬했다.

서윤은 소옥의 이야기를 곱씹으며 생각에 잠겼다. 덕분에 고민스럽던 부분, 망설여지던 부분, 내키지 않던 부분이 많이 해소된 것 같았다.

'그래도……'

서윤은 대륙상단에 한번 다녀와야겠다고 생각했다.

무림을 더 잘 알고 무림맹에 대해 더 잘 아는 사람, 그리고 부친인 설백의 일을 곁에서 직접 겪은 설군우라면 서윤에게 좀 더 현실적인 조언을 해줄 수 있을 것 같았다.

판단은 대륙상단에 다녀온 후로 미루기로 한 서윤은 조금 밝아진 표정으로 술잔을 들었다.

"고맙다, 둘 다."

"고맙긴. 야, 이제 좀 신나게 술 좀 마시자. 술자리에서까지 이렇게 우중충한 분위기 조성하는 건 죄 짓는 거야."

"나중에 누가 오빠랑 혼인할지 모르지만 언니 될 사람이 불쌍하네. 작작 좀 마셔."

소옥이 핀잔을 주었다. 하지만 우인은 지지 않고 말했다.

"니가 뭘 몰라서 그러는데, 인류가 만든 가장 위대한 발명품이 뭔지 아냐? 바로 술이야, 술. 기분 좋을 때도 마셔, 안 좋을 때도 마셔, 좋은 사람과 어울리기 위해서도 마셔. 그럴 때 술이 빠지면 교자 안에 교자 소가 없는 거랑 똑같은 거라니까."

"으이구."

소옥이 질렸다는 듯 고개를 저었다.

그 모습을 보고 서윤은 진심으로 즐거워하며 크게 웃었다.

다음 날 아침.

잔뜩 술에 취한 서윤은 우인의 집에서 잤다. 우인의 집에 도착한 것까지는 기억이 나는데 그 이후에는 어떻게 쓰러져 잠을 잤는지 기억이 나질 않았다.

그렇게까지 취해서 잠에 빠져들었는데 아침에 눈을 뜨니 멀쩡했다.

서윤이 자는 동안 풍령신공의 진기가 술기운을 몰아냈으나 그것을 알지 못하는 서윤으로서는 자신이 술 체질인가 하는 생각을 했다.

옆을 슬쩍 본 서윤은 자고 있는 우인의 모습을 보며 조용히 자리에서 일어났다.

밖에 나가니 소옥은 장사 준비에 한창이다.

그녀 역시 제법 마셨음에도 일찍 일어난 건 물론이요, 숙취에 시달리는 기색이 전혀 없었다.

'옥이야말로 술이 세구나.'

그렇게 생각하고 있는 찰나, 서윤을 발견한 소옥이 웃으며 다가왔다.

"속은 좀 괜찮아요?"

"괜찮아."

서윤의 대답에 소옥이 서윤을 한쪽으로 데려가 자리에 앉혔다. 그러고는 주방 쪽에서 음식을 가져왔다.

"술 마신 다음 날에는 해장해야 해요. 오빠가 맨날 술 마신 다음 날이면 해장용으로 먹는 거니 효과가 있을 거예요."

사실 숙취 같은 건 없었으나 준비해 준 소옥의 성의가 고마워 서윤은 한 숟가락 떴다.

"맛있는데?"

"그래요? 그래도 오라버니는 좀 낫네요. 오빠는 아침에 이거 먹을 때면 국에서 술맛이 난다고 그러는데."

소옥의 말에 서윤이 피식 웃었다.

마치 투덜거리는 우인의 목소리가 들리는 듯했다.

"나 잠시 마을을 좀 떠나 있을 거야. 다녀올 곳이 있어서."

서윤의 말에 소옥이 그를 빤히 쳐다보았다. 왠지 부담스러운 그녀의 시선에 서윤은 슬쩍 시선을 돌리며 말을 이었다.

"우인이 저 녀석, 일어나지도 않았는데 말도 없이 가버리면 분명 나중에 한소리 할 거라서 미리 말해두는 거야. 잘 좀 전해줘."

"알겠어요. 그런데 어디 가는지 물어도 돼요?"

"대륙상단에."

대륙상단이라는 말에 소옥의 표정이 살짝 굳었다. 대륙상단 하면 지난번 마을을 찾아온 설시연밖에 생각나지 않는 그녀였다.

물론 가족 같은 존재라고는 했지만 피가 섞인 것도 아닌지라 신경이 쓰였다.

"그렇군요."

"멀리까지 다녀와야 해서 시간이 좀 걸릴 거야. 그전까지 잘 지내고 있어."

"조심해서 다녀와요."

"그래."

그녀와의 짧은 대화를 끝낸 후 서윤은 소옥이 차려준 음식을 순식간에 먹어치웠다.

맛있게 먹는 서윤의 모습을 행복한 표정으로 바라보던 소옥은 떠나기 위해 일어서는 서윤을 아쉬운 표정으로 배웅했다.

그 후 한 시진이 지나서야 잠에서 깬 우인은 서윤이 떠났다는 이야기에 무려 반 시진 동안 투덜거리는 걸 멈추지 않았다.

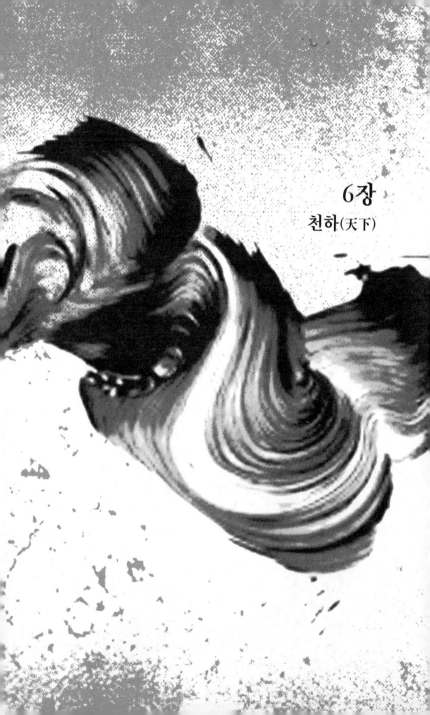

6장
천하(天下)

風神徐閏

풍신서윤

쐐에엑!

설시연의 검이 빠르게 뿌려졌다.

가볍게 허공을 찌르는 것이 아닌, 진기를 가득 머금은 검이 허공을 갈랐다.

순간 그 주변의 공기가 반으로 갈라지며 진공 상태가 되는 것 같은 착각이 일었다.

슈슈슉!

그녀의 검이 몇 차례 더 허공을 갈랐다.

뜨거운 태양 아래 뿌려지는 그녀의 검은 계절과 상관없이 차갑게 느껴졌다.

한겨울에 어울리는 느낌이랄까.

그런 것이 설시연의 검에 묻어 있었다.

"다 큰 처녀가 대낮부터 땀 냄새나 풍기고… 그걸 좋아할 남자는 세상에 없다."

검을 뿌리던 설시연이 아버지 설군우의 목소리에 검을 멈추었다.

"씻으면 되죠."

그녀가 수건으로 땀을 닦아내며 대답했다.

"정말 못 말리겠구나. 그렇게 살벌하게 검초를 뿌려대면 무서워서 누가 데려가겠느냐?"

"그런 게 무서우면 제 짝이 아니죠."

설시연의 말에 설군우가 졌다는 듯 고개를 저으며 미소를 지었다.

"조금 전에 귀양 지부에서 연락이 왔다. 윤이가 이쪽으로 오고 있다는구나."

"그래요?"

덤덤하게 대꾸한 설시연의 표정이 밝아졌다. 그것을 놓치지 않은 설군우였지만 겉으로 내색하지는 않았다.

"귀양 지부에 들러 마차를 얻어 탔다는구나. 귀양 지부에서 이곳까지 서신이 도착하는 시간을 생각해 보면… 얼추 열흘 후에는 도착하겠구나."

'열흘……'

설군우의 말에 속으로 그렇게 중얼거린 설시연이 고개를 끄덕였다.

"알겠어요. 할아버지 탕약 지어 올릴 시간이네요. 먼저 가볼게요."

설시연의 말에 설군우가 고개를 끄덕였다.

처음에는 설백의 탕약을 의원이나 시비들이 지어 올렸다. 하지만 어느 순간부터는 설시연이 직접 했다.

지금처럼 무공 수련을 하다가도 귀신같이 시간을 알고 탕약을 달였다.

'정성도 저런 정성이 없지.'

그러면서 설군우가 안타까운 표정을 지었다.

"그런 정성을 쏟을 남자 한 명 제대로 만나면 좋으련만. 음, 윤이 녀석이랑 한번 엮어봐?"

그렇게 말하며 설군우는 피식 웃으며 자리를 떠났다.

시간은 느리지도 그렇다고 빠르지도 않게 지나갔다.

서윤이 온다고 해서 달라질 건 없었다.

상단은 상단대로 평소처럼 굴러갔고, 설군우와 설궁도는 언제나처럼 바쁘게 지냈다.

설시연 역시 무공 수련에 매진하고 설백의 탕약을 책임지며 하루하루를 보냈다.

그리고 서윤이 도착할 것이라 예상한 열흘째 되는 날 저녁,

대륙상단 정문 앞에 마차 한 대가 도착했다.

귀양 지부에서 온 마차.

그 안에는 서윤이 타고 있었다.

*   *   *

한바탕 검무를 펼친 뒤 설백의 탕약을 지어 안으로 들여보
낸 설시연은 자신의 방에서 동경을 들여다보고 있었다.

머리를 빗고 옷매무새를 가다듬은 설시연은 밖이 조금 소
란스러워진 것을 느낄 수 있었다.

'왔나 보구나.'

그렇게 중얼거린 설시연은 다시 한 번 동경을 들여다보았
다. 그러고는 고개를 이리저리 돌려보고 몸을 틀어 보더니 밖
으로 나갔다.

물론 반가워하는 기색은 최대한 감춘 채로.

설군우와 설궁도는 정문까지 마중 나가 서윤을 맞이했다.

오랜만에 만나는 것이지만 그들 사이엔 조금의 어색함도 느
껴지지 않았다.

"그간 안녕하셨습니까?"

"핫핫! 당연하지. 주름이야 좀 늘어난 것 같지만."

설군우의 말에 서윤이 기분 좋은 미소를 지었다. 그러자 설

군우에게 할 말 다 했느냐는 듯한 시선을 보낸 설궁도가 서윤을 와락 끌어안았다.

"오랜만일세, 아우!"

"반갑습니다, 형님. 그런데……."

"그런데 왜? 무슨 문제 있나?"

서윤의 말에 설궁도가 그를 안고 있던 팔을 풀며 물었다.

"저 여자 좋아합니다. 남자는 제 취향이 아니에요."

"하하하!"

서윤의 농에 설군우가 호탕하게 웃었다. 그에 설궁도는 울상이 되었다.

"자, 안으로 들어가자꾸나."

"예."

서윤은 설시연이 보이지 않자 내심 아쉬운 마음을 안고 설군우와 설궁도를 따라 상단 안으로 들어갔다.

하지만 그런 아쉬움도 잠시, 다가오는 설시연의 모습이 보였다.

그녀가 보이자 반가운 마음에 대번 얼굴이 밝아지는 서윤이다.

"왔어요?"

"네, 오랜만입니다."

설시연과 서윤이 짧은 인사를 주고받았다. 그걸 본 설군우가 혀를 차며 말했다.

"쯧쯧쯧, 오랜만에 만나서는 어쩜 그리 딱딱하게들 대하는지."

"그러게 말입니다. 아우, 방금 전에는 여자 좋아한다고 그만 좀 끌어안으라고 하더니만 연이를 보자마자 왜 그렇게 딱딱하게 구는가?"

설궁도의 말에 서윤이 민망한 표정을 지었다.

오랜만에 본 반가움에 농을 친 것인데 이렇게 반격을 당할 줄은 몰랐다.

민망하기는 설시연도 마찬가지였다.

내색하지 않으려 했지만 얼굴에 살짝 홍조가 떠올랐다. 그리고 역시나 그것을 놓칠 설군우가 아니었다. 하지만 보고도 모른 척 넘어갔다.

"안으로 들어가자꾸나."

"종조부님부터 뵙겠습니다."

서윤의 말에 설군우가 미소를 거두고 고개를 끄덕였다.

"연아, 윤이를 할아버지께 안내하거라."

"네."

서윤은 설시연의 뒤를 따라 설백이 누워 있는 방으로 향했다. 조금 전까지의 밝은 모습과 달리 진중하고 조심스러운 발걸음이다.

설백의 방 앞에 도착한 설시연이 조심스레 문을 열었다.

설백이 바른 자세로 죽은듯 누워 있다.

혈색이 아니었다면 죽은 사람이라 해도 이상하지 않을 그런 모습이다.

방 안으로 들어선 서윤은 설백의 곁으로 다가갔다.

제대로 보는 것은 처음인 설백.

서윤은 그의 곁에 무릎을 꿇고 앉아 손을 잡았다.

"종조부님, 제 할아버지 함자는 신도장천이고 저는 손자 서윤입니다. 얼른 일어나셔야지요."

서윤이 짧은 인사를 건넸다.

그와 대화를 나눠본 적도 없고 정을 쌓을 시간이 있던 것도 아니다.

하지만 신도장천의 친우이자 설시연의 할아버지라는 사실만으로도 서윤은 설백에게 정이 갔다.

"확실히 혈색은 좋으시군요."

"계속 좋아지고 계세요."

서윤의 말을 곁에 있던 설시연이 담담하게 받았다. 그녀의 시선은 설백에게 고정되어 있었다.

"곧 깨어나실 겁니다."

"그러시겠죠. 이제 그만 나가요."

서윤과 설시연이 설백의 방을 나섰다.

설백의 방을 나선 서윤은 곧장 설군우를 찾았다.

집무실로 돌아가 일을 보던 설군우는 바쁜 일을 제쳐두고 서윤과 마주 앉았다.

"무슨 할 말이라도 있는 게냐?"

"예. 드릴 말씀이 있습니다. 아니, 조언을 구하고 싶은 일이
있습니다."

서윤의 표정과 말투는 진지했다.

설군우는 서윤이 그저 유람 차 방문한 것이 아니라는 걸
알 수 있었다.

"그래, 얘기해 보거라."

"이곳으로 떠나오기 전 무림맹에서 사람이 찾아왔습니다."

"무림맹에서?"

"예."

설군우는 놀란 표정을 지었다.

무림맹에서 무엇 때문에 서윤을 찾는단 말인가? 최근에
마영방과 충돌이 있었지만 그것은 이미 끝난 일이라고 들었
다.

"무슨 일로 찾아온 게냐?"

"제게 무림맹으로 들어오라 했습니다."

"누구의 명이더냐? 들어볼 것도 없겠구나. 맹주겠지."

"예, 군사가 직접 찾아왔습니다."

"제갈 대협이?"

설군우의 눈이 이채를 발했다. 제갈공까지 나설 일이던가.

"자세히 얘기해 보거라."

설군우의 말에 서윤은 제갈공과 나눈 대화를 소상히 털어놓았다. 제갈공이 한 제안까지 다 들은 설군우가 서윤에게 질문했다.

"네 생각은 어떠하느냐?"

"숙부님 생각은 어떠신지요?"

"선택은 네 몫이다. 결론을 내는 건 너야. 내가 너의 선택을 결정지을 수는 없는 노릇이다."

설군우의 말에 잠시 입을 다물고 있던 서윤이 입을 열었다.

"제가 숙부님을 찾아온 이유는 조언을 듣고자 함입니다. 무림맹은 어떤 곳이고 무림은 어떤 곳이며, 제가 무림맹에 들어가는 것이 득이 되는 일인지 실이 되는 일인지……."

"흠……."

서윤의 물음에 잠시 생각을 정리한 설군우가 입을 열었다.

"난 상계에 몸담은 사람이다. 엄연히 따지자면 상계와 무림은 다른 세상이지. 하지만 무림에 속한 것이 상계이기도 하다. 뗄 수 없는 관계란 뜻이다. 내가 본 무림은 그렇다. 언제 죽을지 모르는 위험천만한 곳이지."

그렇게 말한 설군우가 잠시 말을 끊었다가 이어갔다.

"하지만 무림은 무(武)와 협(俠)이 있는 세상이다. 중원을 질타하고 무위를 뽐내며 협을 바로 세우는 세상이 그곳이지. 남자라면, 무공을 익힌 자라면 한 번쯤 이름을 드높여 보고 싶은 세상이 바로 무림이다."

그렇게 말한 설군우가 서윤의 눈을 똑바로 바라보았다. 서윤에게서 무와 협을 찾는 듯했다.

"여기까지는 보편적으로 사람들이 가지고 있는, 그리고 대륙상단의 상단주이자 검왕 설백의 아들로서 네게 하는 이야기였다. 지금부터는 내 개인적인 생각을 말하마. 하지만 그전에 한 가지 묻고 싶은 게 있다. 정녕 할아버지의 복수를 할 생각이 있는 게냐?"

설군우의 물음에 서윤은 단호하게 대답했다.

"물론입니다."

"좋다, 지금부터 하는 이야기를 잘 듣거라. 사실 나는 네가 거친 무림에 발을 들여놓지 않았으면 하는 바람이 크다. 하지만 그건 내가 어쩔 수 있는 일이 아니지. 어쩌면 권왕의 무공을 이어받는 순간부터 네 운명은 정해져 있었을지 모른다, 무림으로 향하게 되는 운명이. 어차피 무림으로 향할 운명이라면 그 시작에 든든한 울타리가 있으면 좋을 것이다. 할아버지가 살아 계셨더라면 그보다 든든한 울타리가 없겠지만 지금이라면 무림맹이 가장 적합한 울타리일 것이다."

"울타리……."

"그래, 울타리. 복수를 이야기해 보자꾸나. 복수의 대상이 할아버지를 그렇게 만든 집단일 수도 있고, 개인일 수도 있고, 둘 다일 수도 있다. 집단일 경우에는 물론 너도 집단으로서 그들을 상대해야 한다. 혼자서는 절대 불가능한 일이야."

설군우의 입에서 제갈공이 한 이야기와 같은 말이 흘러나왔다. 서윤이 눈을 빛내며 설군우의 말에 집중했다.

"복수의 대상이 개인이라도 마찬가지다. 그 사람을 만나기 위해서는 도움을 줄 사람이 필요하다. 우리가 살아가는 세상은 혼자 살아가는 세상이 아니다. 사람과 사람이 만나 관계를 이루고 서로가 돕고 사는 세상이지. 물론 적의를 드러내기도 하고 배신을 하기도 하지만, 좋은 쪽으로든 나쁜 쪽으로든 관계를 맺는다. 그것이 세상이야."

설군우가 잠시 말을 끊었다가 다시 이어갔다.

"무림이라고 다르지 않다. 어차피 무림도 사람이 살아가면서 만들어가는 세상이니. 네가 바라보는, 그리고 네가 살아가는 좁은 세상은 혼자서도 충분히 살 수 있을지 모른다. 하지만 조금 더 넓은 세상으로 나아갈수록 관계라는 것은 무엇보다 중요하다. 무림에 발을 들여놓을 생각이고 복수를 할 생각이라면 무림맹으로 들어가거라. 그리고 그곳에서 많은 사람을 만나고 관계를 맺어보거라. 그 안에서 좋은 일을 겪든 나쁜 일을 겪든 그 모든 것이 경험이고 자산이다. 지금 너에게 무림맹으로 들어가는 것은 절대 득이 되는 일이지 결코 해가 되는 일은 아닐 게다."

마치 준비라도 해놓은 듯 길게 이어진 설군우의 말이 끝났다. 그가 말한 무림과 세상, 그리고 관계가 서윤의 마음에 깊이 박혔다.

"내가 해줄 수 있는 말은 이것이 전부다."

"고맙습니다."

"고맙긴, 생각을 좀 정리할 시간이 필요할 게다. 이곳에서 며칠 쉬면서 생각을 정리해 보거라. 아버지께서 깨어나셨다면 좀 더 좋은 조언을 해주었을지 모르는데 아쉽구나."

"아닙니다. 충분히 도움이 되는 이야기였습니다."

진심이다. 제갈공으로부터 들은 이야기보다 방금 설군우에게 들은 이야기가 훨씬 더 가슴에 와 닿았다.

"얘기 끝났으면 어서들 와서 식사하세요."

밖에서 연 씨가 기다리고 있던 모양이다. 그녀의 말에 설군우와 서윤이 웃으며 자리에서 일어섰다.

설군우에게 들은 이야기.

중원, 무림, 세상, 관계.

더 넓은 세상을 그리기 시작하는 서윤이다.

*　　　　*　　　　*

식사를 마친 서윤은 방에서 운기를 한 뒤 밖으로 나왔다.

하루 일과가 끝난 상단은 고요했다. 서윤의 발걸음이 자연스레 예전에 무공 수련을 하던 연공실 쪽으로 향했다.

연공실 앞 공터에 도착한 서윤은 달빛으로 밝은 공터를 물끄러미 바라보았다.

한 줄기 바람이 불어와 서윤의 머리카락을 흩날렸다.

마치 오랜만이라고 반기는 듯하다.

서윤은 공터 한가운데로 발걸음을 옮겼다.

그러고는 뒷짐을 졌다.

스윽.

서윤의 발이 사뿐히 내딛는 듯하더니 이내 공터를 미끄러지듯 쓸어갔다.

예전처럼 뒷짐을 진 채 쾌풍보를 펼치며 공터를 누볐다.

얼굴에 와 부딪치는 시원한 바람에 서윤은 기분 좋은 미소를 지었다.

그리고 살며시 눈을 감았다.

몸 안의 진기는 오랜만에 느끼는 바람에 기분 좋은 듯 쾌풍보를 펼쳐 내는 다리에 힘을 불어 넣고 있다.

눈을 감은 채 앞을 보지 않아도 공터를 벗어나지 않는다.

몸이 기억하고 오감이 기억하고 있다.

마치 안에서 부는 바람이 육신을 지배하는 것 같은 착각이 들었다.

어떻게 다리를 움직이는지 잊고, 진기의 흐름을 잊고, 주변의 모든 것을 잊어갔다.

오로지 지금의 이 느낌.

그 느낌에 빠져들어 갈 뿐이다.

서윤이 이곳에 있으리라 짐작하고 찾아온 설시연은 예전처럼 미소를 지으며 쾌풍보를 펼치고 있는 서윤을 보았다.

예전보다 훨씬 더 자연스러워진 쾌풍보.

아니, 자연스러워졌다는 표현만으로는 부족할 정도의 성취다.

설시연은 순간 소름이 돋았다.

전율이라 표현해야 할까.

서윤이 펼쳐 내는 쾌풍보에서 지금까지와는 전혀 다른 바람을 보았다.

그전까지는 주변을 맴도는 미약한 바람이었다면 지금은 드넓은 세상을 누비는 자유로운 바람이 보였다.

서윤이 펼치는 쾌풍보를 보는 것만으로도 설시연은 안에서 무언가 깨지고 꿈틀거리는 것을 느꼈다.

홀로 무공 수련을 하면서 서윤의 움직임을 떠올리고 그 안에서 배움을 갈구하던 그녀이다.

그런 와중에 서윤의 쾌풍보를 보니 그동안 정리되지 않던 무언가가 말끔해지는 것 같았다.

설시연이 안으로 무언가를 정리하고 있을 때 서윤의 안에서도 무언가 변화가 있었다.

본인은 제대로 느끼고 있지 않았으나 하단전으로부터 시작된 바람이 중단전을 거쳐 가고 있었다.

바람이 자극한 덕분일까.

서윤의 중단전에서 반응이 보였다.

'나도 놀고 싶어.'

중단전에서 아주 약한 바람이 불기 시작했다.

그러자 하단전에서 시작된 바람이 중단전에서 움트는 바람을 이끌었다.

마치 어미 새가 첫 비행을 시작하는 새끼를 인도하듯.

그렇게 하단전에서 시작된 바람과 중단전에서 시작된 바람이 한데 어울려 서윤의 몸 곳곳을 돌아다녔다.

무의식에 빠져 있는 서윤은 이를 알지 못했다.

중단전은 단순히 또 하나의 그릇이 아니다. 마음에 영향을 끼친다.

제갈공의 이야기를 듣고 고민을 거듭한 뒤 설군우의 이야기를 들으면서 서윤의 마음에 무림이라는 더 넓은 세상이 자리 잡기 시작했다.

마음이 넓어지고 생각이 넓어지며 웅심을 품자 중단전이 반응한 것이다.

지금까지 서윤의 중단전이 준비가 안 된 것이 아니었다.

이미 서윤의 중단전은 준비가 되어 있었으나 서윤 스스로가 준비가 안 된 것이었다.

설군우는 서윤에게 생각을 정리할 시간이 필요할 것이라

했으나 서윤은 이미 마음속으로 결론을 내린 상태였다.

대륙상단에 오기 전에 이미 마음은 기울고 있었다.

다만, 설군우의 이야기를 듣고 그 결심을 굳혔을 뿐이다.

마음이 단단해지고 결심이 선다.

망설임과 고민은 없다.

부딪쳐 보는 거지. 두려움이 사라지고 설렘이 자리 잡기 시작했다.

서윤 자신만의 기준과 중심이 생겨나기 시작한 이 순간, 중단전이 활짝 열리며 서윤에게 힘을 실어주었다.

드디어 준비가 된 것이다, 상단전을 열고 풍절비룡권 후반이 초식을 익힐 준비가.

쾌풍보를 펼치던 서윤의 움직임이 멎었다.

그는 잠시 하늘을 올려다보았다.

구름 사이로 보이는 달이 왠지 모르게 조금 전보다 더 밝아 보였다.

서윤은 입가에 미소를 그렸다.

중단전이라는 새로운 집에서 꼬물거리고 있는 작은 바람.

서윤이 몸을 돌렸다.

그의 시선이 닿은 곳에 설시연이 서 있다.

살짝 상기된 표정으로 서윤의 시선을 받아내는 그녀. 서윤은 그녀에게 다가가며 미소를 지었다.

한 걸음씩 가까워 올 때마다 설시연은 가슴이 뛰었다.

서윤이 여전히 미소를 지은 채 설시연 앞에 섰다.

그러고는 잠시 그녀를 바라보더니 입을 열었다.

"대련 한번 할까요?"

설시연이 두 눈을 동그랗게 뜨며 서윤을 바라보았다.

서윤은 여전히 환한 미소를 짓고 있을 뿐이다.

설시연은 서윤과 마주하고 섰다.

실로 오랜만에 하는 대련. 단 한 번이었지만 설시연에게 그 날의 대련은 강한 기억으로 남아 있었다.

'그도 그럴까?'

문득 서윤에게는 그날의 대련이 어떻게 남아 있을지 궁금 해졌다. 그러면서 서윤의 표정을 살폈다.

뭔가 굉장히 편안해 보이는 표정을 보니 예전 생각을 한다 거나 설레 하는 것 같지는 않았다.

그러자 설시연은 왠지 모르게 자신만 그렇게 생각하고 있 는 것 같아 심통이 났다.

'흥! 안 봐주겠어!'

설시연이 검을 쥔 손에 힘을 주었다.

대련에 앞서 장갑을 끼는 서윤의 표정은 덤덤했다.

하지만 속으로는 괜히 설레고 기분이 좋았다. 오랜만에 같 은 장소에서 하는 대련.

게다가 지금까지는 설시연이 대련을 청했지만 이번엔 본인의 필요에 의해 하는 대련이다.

설레지 않을 이유가 없었다.

설시연과는 조금 다른 이유였지만 그녀가 생각하는 것만큼 서윤에게 이 대련이 의미가 없는 것은 아니었다.

서윤이 장갑을 끼고 설시연을 바라보았다.

"준비 다 됐나요?"

"물론입니다."

"조심해요. 세게 갈 거니까."

"얼마든지."

서윤의 대답에서 여유가 묻어났다.

절대 자신이 패할 리 없다는 자신감과 확신이 들었고, 그것이 고스란히 밖으로 표출되었다.

문제는 그것이 너무 티가 났다는 점이다.

마주 보고 서 있는 설시연이 느낄 수 있을 만큼.

설시연이 기분 나쁘다는 듯 살짝 인상을 찌푸리더니 여의제룡검 기수식을 취했다.

서윤은 내심 감탄했다.

확실히 그녀는 성취가 있었다.

그녀가 서윤을 찾아갔을 때에도 피나는 노력 덕에 제법 성취를 이룬 상태였지만 그때까지만 해도 서윤은 다른 사람의 성취나 기도 등을 제대로 느낄 여유가 없었다.

하지만 중단전이 완전히 개방되고 활성화된 지금은 달랐다.

설시연의 성취와 그녀가 뿜어내는 기도 등이 느껴지기 시작했다.

서윤은 자신이 성장했음을 알 수 있었다.

서윤이 그녀를 보고 감탄하고 있듯 설시연 역시 감탄하고 있었다.

봐주지 않으리라 다짐하고 세게 갈 거라 으름장을 놓았지만 쉽게 들어갈 수가 없었다.

설시연의 눈에는 별다른 자세를 취하지 않고 있는 서윤에게서 빈틈을 찾기가 어려웠다.

'이렇게 대단했다니.'

이 정도일 줄은 몰랐다. 하지만 그렇다고 계속 이러고 있을 수만은 없는 일.

먼저 움직인 쪽은 설시연이었다.

쐐애액!

날카로운 파공음이 서윤을 노렸다.

번뜩이는 검 끝이 서윤의 지척에 다다른 순간 그의 신형이 꺼지듯 사라졌다.

아니, 사라진 것이 아니었다. 그렇게 보였을 뿐.

서윤은 순간적인 움직임으로 그녀의 검을 피해내며 초식을 펼쳤다.

강풍파랑의 초식.

주먹에 담긴 진기의 양은 적었으나 뿜어내는 권압은 상당했다.

'큭!'

버텨내기 힘든 그 힘에 설시연의 검이 튕겨 나갔다.

설시연의 검을 튕겨낸 서윤이 쾌풍보를 펼쳤다. 순식간에 그녀의 측면을 점한 서윤이 관풍뇌동의 초식으로 주먹을 뿌렸다.

하지만 설시연은 쉽게 당하지 않았다.

몸을 기울이며 지면을 박차 거리를 벌림과 동시에 검을 뿌렸다.

강룡천추의 초식.

초반부터 강수를 두는 그녀였다.

하지만 서윤의 표정은 조금도 변화가 없었다.

강풍파운의 초식으로 그녀의 검격을 흘러냈다.

위력이 조금 줄기는 했으나 설시연의 검로는 여전히 서윤을 향해 있었다.

서윤이 다시금 강풍파랑을 펼쳐 냈다.

한 줌의 진기와 강한 풍압이 만들어낸 보이지 않는 벽이 그녀의 검을 가로막았다.

터엉!

다시 한 번 튕겨 나가는 설시연의 검.

하지만 설시연은 그 반동을 이용해 되레 더욱 강맹한 초식을 쏘아냈다.

쐐액!

공기를 찢어발기는 짧은 파공음이 서윤의 귓전을 울렸다.

서윤의 주먹이 다시 한 번 그녀의 검을 비껴내 틀어버린 것이다.

흘리고 튕겨내고.

서윤은 초식을 활용해 공격이 아닌 철저히 방어해 내고 있었다. 아슬아슬한 장면이 없지는 않았으나 설시연의 검은 서윤에게 닿지 않았다.

'뚫을 수가 없어!'

설시연이 검을 뿌리며 속으로 생각했다. 그 상황에서도 설시연의 검은 번번이 서윤에 의해 막히고 있었다.

과거 서윤이 신도장천과 대련할 때의 그 기분.

아무리 주먹을 뻗어도 닿지 않는 막막한 그 기분.

그것을 지금 설시연이 느끼고 있었다.

늦게 시작했으나 서윤과 설시연의 차이는 역전을 넘어 이렇게나 벌어져 있었다.

'하지만!'

설시연은 포기하지 않았다.

그녀 역시도 절실한 마음을 가지고 피나는 노력을 해왔다. 이대로 물러설 수 없었다.

스슥.

설시연의 움직임이 변했다.

조금 전까지는 유하고 부드러운 곡선과 같았다면 지금은 직선적이고 날카로우며 강맹했다.

설시연의 변화에 서윤의 눈에 이채가 스쳤다.

서윤은 단박에 알아차렸다.

그녀의 움직임이 자신의 그것과 닮아 있음을.

설시연의 검이 서윤을 향해 곧게 뻗어간다. 서윤 역시 주먹에 진기를 담아 앞으로 뻗어낸다.

터엉—!

직선과 직선의 충돌.

실린 진기가 강하지 않았기에 폭음은 크지 않았다. 하지만 그것만으로도 설시연은 뒤로 세 걸음이나 물러섰다.

"후, 못 당하겠네요."

설시연이 고개를 저으며 말했다. 그러자 서윤이 주먹을 거두고 그녀에게 다가갔다.

"괜찮습니까?"

"괜찮아요. 다행히 내상은 없네요."

설시연의 말에 서윤의 얼굴에 안도감이 스쳐 갔다.

"그 움직임……."

"눈치챘어요? 짐작하는 게 맞아요."

설시연이 순순히 인정했다. 어차피 알아차린 것, 부정해 봤자 소용없는 일이다.

"몸에 무리가 갈 겁니다."

그 부분에 대해서는 누구보다 잘 아는 서윤이다.

서윤 자신도 풍절비룡권을 익히며 제법 고생하지 않았던가. 비록 설시연이 풍절비룡권을 익히는 건 아니라 하나 그에 담긴 움직임을 어설프게 따라 하다 보면 결국 몸이 축가는 수밖에 없다.

"힘들더라고요. 그래도 지금은 예전보다 나아요."

설시연의 대답에 서윤이 잠시 고민하더니 말했다.

"한번 보여줄 수 있습니까?"

"지금이요?"

서윤이 고개를 끄덕였다.

"알았어요."

설시연은 순순히 고개를 끄덕였다. 수련해 오면서 서윤의 도움이 있었으면 좋겠다는 생각을 한 적이 한두 번이 아니다.

이런 때에 서윤으로부터 한두 마디 도움이라도 얻을 수 있다면 얼마든지 보여줄 수 있었다.

설시연은 서윤이 보는 앞에서 지금까지 수련해 온 것들을 펼쳐 보였다.

서윤은 한쪽에 서서 그녀의 움직임을 하나도 빼놓지 않으려는 듯 집중해서 바라보았다.

그렇게 얼마간 검을 휘둘렀을까.

설시연이 검을 멈췄다. 길지 않은 시간이었지만 그녀는 제법 지친 듯 가쁘게 숨을 쉬고 있다.

이미 서윤과 한차례 대련을 마친 뒤고, 그의 말대로 몸에 무리가 좀 온 탓이다.

"잘못됐습니다."

서윤의 첫 마디다. 앞뒤 다 자르고 잘못됐다는 말부터 하니 설시연은 살짝 인상을 찌푸렸다.

"어디가요?"

"전부 다 잘못됐습니다."

"전부 다?"

서윤의 말에 설시연은 믿을 수 없다는 듯 반문했다.

"예. 제 움직임은 몸이 허용하는 범위 안에서 움직일 뿐입니다. 그 이상은 불가능해요. 남자, 여자의 차이도 아니고 유연성의 차이도 아닙니다. 아, 유연성은 조금 관련이 있겠네요. 어쨌든 누이가 잘못 생각하고 있는 건 보통 사람은 이만큼 할 수 있다면 전 그 이상을 할 수 있다고 생각하기 때문입니다."

설시연은 서윤의 말을 제대로 이해하지 못했다. 곧바로 서윤의 부연 설명이 이어졌다.

"전 직선으로만 움직이는 게 아닙니다. 직선 안에 유선과 나선의 움직임이 있죠. 그것을 활용해 직선의 움직임에 위력을 더하는 겁니다. 단순히 빠르게, 최단 거리로, 내력을 많이 실어서, 이게 아니라는 겁니다."

그러면서 서윤이 몸으로 몇 차례 시범을 보였다.

처음 신도장천이 서윤에게 그랬던 것처럼.

확실히 서윤에게서 원리를 듣고 눈으로 시범을 보니 좀 더 명확히 알 수 있을 것 같았다.

"좋네요. 며칠 머물면서 좀 도와줘요. 안 그래도 혼자 수련하느라 힘들었는데 잘됐어요."

설시연의 말에 서윤이 아쉬운 미소를 지었다.

"내일 떠나야 합니다. 앞으로는 보기 힘들 거예요."

"왜죠? 무슨 일 있어요? 꼭 어디 멀리 떠나는 사람 같네요."

설시연의 말에 서윤은 알 수 없는 미소를 지었다. 그 모습을 설시연은 의문 가득한 시선으로 바라보았다.

다음 날, 먼저 제갈공에게 서신을 보낸 서윤은 설시연에게 말한 대로 대륙상단을 떠났다. 그를 배웅하는 그녀의 표정은 어딘지 조금 어두워 보였다.

아쉬움 때문에?

그런 마음이 없는 것은 아니지만 다른 이유가 더 컸다.

'무림맹.'

서윤에게서 무림맹에 들어간다는 이야기를 들은 그녀이다.

더 큰 세상을 보고 더 많은 사람을 만나기 위해, 게다가 복수를 생각하고 있다고도 했다.

설시연은 생각해 본 적이 없는 일이다.

그녀에게 세상은 대륙상단이 전부였다. 예전에 설백에게 무림에 대해 듣긴 했지만 어린 시절의 이야기일 뿐이다.

설시연의 마음이 복잡해 보이는 이유였다.

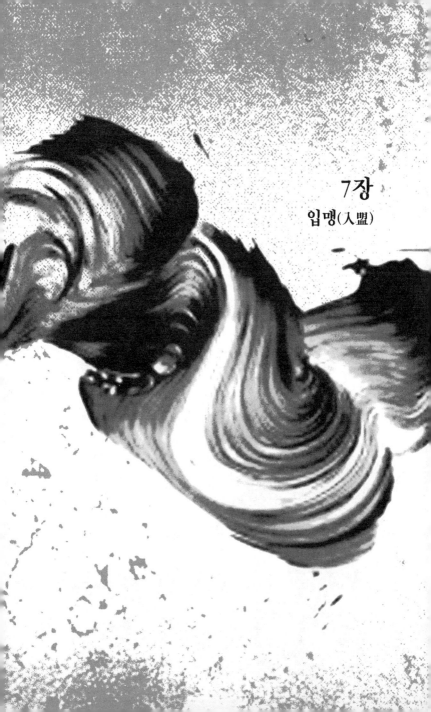

7장

입맹(入盟)

風神徐閣

풍신서윤

집으로 돌아온 서윤은 곧장 우인의 가게로 향했다.

"오랜만!"

"어, 왔어?"

우인은 굉장히 반가워했다. 마지막으로 본 것이 거의 한 달 전이니 그럴 법도 했다.

"그래, 잘됐다."

서윤의 표정이 밝은 것을 본 우인이 밝은 표정으로 그를 맞았다.

"답신이 오는 대로 장원으로 거처를 옮길 거야."

"그럼 결국 무림맹에 들어가기로 결정한 거냐?"

"그래, 그러기로 했다."

대답하는 서윤의 표정은 홀가분해 보였다. 그것을 본 우인도 마음이 좋았다.

"앉아. 방금 찐 교자 있다."

"그래?"

서윤이 반색하며 자리에 앉았다. 그리고 잠시 후 우인이 교자를 가지고 서윤에게로 다가왔다.

"자, 교자다."

"잘 먹을게."

그렇게 말하며 서윤이 교자 하나를 집어 먹었다. 역시나 우인이네 교자는 맛이 기가 막혔다.

그런 서윤의 맞은편에 우인이 앉으며 물었다.

"아직 어떤 사람들이 올지는 모르는 거고?"

"모르지. 만나봐야 알 것 같아."

"그래? 나도 궁금하네."

왠지 서윤보다 우인이 더 설레고 긴장하는 것 같았다. 그도 그럴 것이, 우인이 살면서 무림인을 제대로 본 것은 청양문 사람들이 마을을 찾았을 때가 처음이다.

남자라면 누구나 무림과 무림인에 대한 환상이 있는 법.

서윤이 무공을 익혔다고는 하나 아직까지는 무림인이라는 느낌보다는 친구로서의 느낌이 강했다.

그런 상황에서 마을에 무림맹 사람들이 올 거라 하니 설레지 않을 수 없었다.

"마을에 무림맹 사람들이 오면 장사가 더 잘되겠지?"

"몇 명이 올지도 모르는데."

서윤의 말에 우인이 모르는 소리 말라는 듯 말했다.

"야, 몇 명이 오느냐가 중요한 게 아니야. 무림맹의 지부가 여기에 생긴다는 게 중요한 거지."

하지만 서윤은 우인의 말보다 교자에 더 집중하고 있었다. 그러든 말든 우인은 계속해서 말을 이었다.

"거기 일 봐주는 사람들도 들어올 거고, 그러면 먹는 것부터 필요한 게 한두 가지가 아닐 거 아냐. 마을에 그런 것 하나 생기면 마을 경제에 도움이 된다고. 야, 듣고 있냐?"

"아, 그래?"

서윤이 교자를 우걱우걱 씹으며 건성으로 대답했다.

"아무튼 너 생각 잘한 거야. 여러 가지로 고맙다, 친구야. 나중에 꼭 사람들 데리고 여기에 한번 와라. 알았지?"

"알았어."

우인의 말에 서윤이 고개를 끄덕였다.

대강 대답하기는 했지만 무림맹 지부가 들어서는 것 자체가 그렇게나 도움이 될 줄은 생각도 못하고 있었다.

'아직 모르는 게 많구나.'

돈이 중요하다는 건 알고 있었으나 먹고사는 것, 특히나 경제와 관련해서는 무지에 가까운 게 서윤이다.

이곳에 와서도 가끔 사냥을 하거나 나무를 해서 돈을 벌고 먹을 것 등을 구했다.

　그나마 우인의 가게에 오면 거의 공짜로 음식을 먹을 수 있는 것도 서윤의 경제관념이 제대로 정립되기 어려운 이유 중 하나였다.

　'그나저나 어떤 사람들이려나?'

　우인의 말을 듣고 나니 별생각 없던 서윤도 어떤 사람들이 올지 궁금해지기 시작했다.

*　　　　*　　　　*

　서윤이 마을에 도착하고 며칠이 지났을 때다.

　마을이 좀 부산하다 싶더니 이유가 있었다. 서윤과 무림맹 사람들이 지낼 장원의 개보수 공사가 시작되었다.

　큰 공사는 아니고 내부 구조를 조금 손보는 정도였으나 제법 많은 사람이 달라붙어 일하고 있었다.

　마을의 장정들과 목수도 그 공사에 달라붙어 있는 실정이다.

　일거리가 생긴 탓일까.

　마을은 모처럼 활기가 넘치고 있었다.

　서윤은 어슬렁어슬렁 장원 쪽으로 발걸음을 옮겼다. 어떻게 진행되고 있는지 궁금했기 때문이다.

장원에 도착한 서윤은 슬쩍 고개부터 들이밀고 안을 살폈다. 안에서는 사람들이 굵은 땀을 흘리며 자재를 옮기고 연신 뚝딱거리고 있었다.

"누구야!"

갑자기 들려온 소리에 서윤은 움찔했다. 시선을 돌리니 텁석부리 장한이 서윤을 바라보고 있다.

"그냥 구경 좀 하려고……."

서윤의 말에 장한이 인상을 찌푸렸다.

그리고는 들고 있던 망치를 내려놓고 서윤 쪽으로 성큼성큼 다가왔다.

"여기는 구경하고 싶다고 아무나 구경할 수 있는 곳이 아니야!"

벽력탄이라도 집어삼킨 듯 우렁찬 목소리로 소리친 장한이 서윤의 몸을 한차례 훑었다.

잘 단련된 서윤의 몸이 한눈에 들어왔다.

"이왕 왔으니 일이라도 하던가. 안 그래도 일손이 부족한데 잘됐군."

"예? 저는 할 줄 아는 게……."

할 줄 아는 게 없다고 하려던 서윤의 말은 채 입 밖으로 다 나오지 못했다. 장한이 고개를 돌린 채 작업장을 훑고 있었다.

"양 씨, 그쪽에 일손 달린댔지? 여기 이 친구 데려가서 일 좀 시켜!"

그렇게 소리치고는 장한이 다시 고개를 돌려 지금 돌아가는 상황을 이해하지 못하고 있는 서윤을 바라보았다.

"뭐 해?"

"예?"

"뭐 하냐고."

"글쎄요."

"얼른 안 뛰어? 저쪽이야, 저쪽!"

장한이 굵은 손가락으로 방금 전 말한 양 씨가 있는 쪽을 가리켰다.

"아, 예."

구경하러 왔다가 얼떨결에 일까지 하게 된 서윤은 서둘러 장한이 가리킨 쪽으로 발걸음을 옮겼다.

"아니, 서 소협 아니신가?"

서윤이 다가오자 그제야 서윤이라는 걸 알아차린 양 씨가 깜짝 놀랐다.

양 씨는 마을에서 미장일을 하는 사람으로, 지금도 마른 황토에 물을 뿌려 진흙으로 만든 뒤 새로 세운 벽에 칠하고 있었다.

일하고 있는 사람은 양 씨까지 두 명이었는데 버거워 보이긴 했다.

"안녕하세요."

"아니, 여긴 어쩐 일이야? 그리고 서 소협이 왜 이런 일을……."

"어쩌다 보니 그렇게 됐습니다. 도와드릴게요."

"아이고, 무슨 소리를! 서 소협이 무슨 이런 일을 해. 이런 건 우리 같은 미장이들이나 하는 일이지. 그리고 옷 지저분해져."

"괜찮아요. 빨면 되죠. 그리고 어차피 제가 지낼 곳인데요, 뭐."

"서 소협이 지낼 곳이라고?"

"예."

양 씨는 금시초문이라는 듯 서윤을 바라보았다. 지난번 청양문 사람들이 왔을 때 입 싸다고 한바탕 서윤에게 폭풍 잔소리를 들은 탓인지 이번 일은 우인도 입 밖에 내지 않은 듯했다.

"아무튼 도와드릴게요. 뭐부터 하면 돼요?"

"뭐, 정 도와주겠다면야. 여기 진흙 있지? 이걸 여기다가 이렇게 곱게 펴 바르면 된다네. 울퉁불퉁하지 않게."

그렇게 말하며 양 씨가 시범을 보였다. 과연 울퉁불퉁한 곳하나 없이 매끈하게 진흙을 바르는 그였다.

"이렇게요?"

"좀 더 곱게. 일단 손으로 쭉 펴 바른 다음 이걸로 쭉 밀어. 너무 힘줘서 밀면 기껏 발라놓은 진흙 다 떨어지니까 살살,

해봐."

서윤이 양 씨가 건네주는 도구로 바른 진흙을 살살 밀었다. 그러자 진흙을 바른 벽이 한결 매끈해졌다.

"잘하는데? 제법 재능이 있어."

양 씨가 진심으로 서윤이 탐난다는 듯한 눈빛을 보냈다.

서윤은 씩 웃으며 미장일에 집중했다.

생각보다 쉽지 않은 일에 어느덧 서윤의 이마에 땀이 맺혔다.

'어렵네.'

물론 쉬운 일은 아닐 거라 생각했지만 이 정도일 줄은 몰랐다. 서윤은 속으로 양 씨가 정말 대단한 사람이라 생각되었다.

양 씨뿐만 아니라 이곳에서 일하는 사람들 모두가 마찬가지다.

그렇게 얼마나 일했을까?

참을 먹을 시간이 되었다. 그제야 일하던 사람들은 땀을 닦아내며 한숨을 내쉬었다.

여기저기 흩어져서 일하던 사람들이 한곳에 모였다.

서윤도 양 씨를 따라 참이 준비된 곳으로 발걸음을 옮겼다. 물론 그곳으로 향하며 양 씨에게 자신이 이곳에서 지낼 것이라는 이야기는 당분간 비밀로 해달라고 말해두었다.

참이 준비된 곳에 도착하자 열심히 음식을 나르는 우인과 소옥의 모습이 보였다.

그들을 본 서윤은 순간 움찔했지만 이내 그쪽으로 다가가 한쪽에 자리 잡고 앉았다.

음식을 나르던 우인은 모른 척 한쪽에 앉아 있는 서윤을 보고 깜짝 놀랐다.

"어? 너?"

"왔냐? 야, 얼른 줘. 배고파 죽겠다."

"야, 너 여기서 뭐 해?"

"뭐 하긴, 일하지."

"그러니까 여기서 니가 왜 일하고 있느냐고."

"돈 좀 벌려고 그런다, 왜? 배고프다니까. 빨리 먹을 거나 내 놔."

서윤의 재촉에 우인이 음식을 앞에 내려놓았다. 그러자 서 윤이 허겁지겁 음식을 먹기 시작했다.

잠시 그 모습을 보던 우인은 다른 사람들에게도 음식을 나 눠 주었다. 그러고는 슬쩍 서윤의 곁에 가서 쪼그리고 앉아 낮은 목소리로 물었다.

"네가 지낼 곳이라며? 너 무림맹 들어갔다며? 무림맹 들어 가면 이런 것까지 해야 돼? 혹시 이 사람들 중에도 너처럼 무 공 익힌 사람이 있는 거냐?"

"무슨 헛소리야? 그리고 그 입 또 나불거리기만 해봐라. 그 땐 알지?"

서윤이 슬쩍 주먹을 들어 올리며 말했다. 단단하고 큰 서윤의 주먹을 본 우인이 슬쩍 고개를 돌리며 자리에서 일어났다.

맞으면 아픈 정도를 떠나 죽을지도 모른다는 생각이 든 까닭이다.

새참 시간은 금방 지나갔다.

그만 먹고 일어나라는 장한의 목소리에 서윤과 양 씨는 일하던 곳으로 발걸음을 옮겼다.

"아이고, 삭신이야."

해가 떨어질 때쯤 일이 끝난 서윤은 옷에 흙을 잔뜩 묻힌 채로 우인의 가게로 향했다.

이대로 집까지 가기에는 찝찝해서 우인의 집에 들러 씻기 위해서다.

우인에게 얘기하고 씻은 서윤은 여벌옷이 없는 탓에 우인의 옷을 빌려 입었다.

하지만 기본적으로 우인과 서윤의 덩치 차이가 있어 제대로 맞는 옷이 없었다.

하의는 어찌어찌 입었으나 길이가 짧았고, 상의는 역부족이었다. 우인의 옷 중 가장 헐렁한 옷을 입었음에도 꽉 끼어 단추가 떨어져 나갈 태세다.

결국 서윤은 단추의 반절 이상을 풀어놓은 채로 밖으로 나왔다.

"푸하하하!"

서윤의 모습을 본 우인이 박장대소를 터뜨렸다. 살면서 이렇게 웃긴 건 처음 본다는 듯 눈물까지 찔끔 흘리며 웃고 있는 우인을 보며 서윤이 인상을 찌푸렸다.

"그만 웃어라."

서윤의 말에 우인이 웃음을 뚝 멈추었다. 하지만 얼마 못가 도저히 못 참겠다는 듯 또다시 웃음을 터뜨렸다.

그에 서윤은 한숨을 푹 쉬고는 한쪽 식탁에 가서 털썩 앉았다.

일이라는 게 생각보다 쉽지 않아 온몸이 안 아픈 곳이 없었다. 운기 한 번이면 이 정도 근육통 정도야 금방 가라앉겠지만 서윤은 그러지 않았다.

몸은 힘들고 아팠지만 제법 기분도 좋았고 보람도 있었기 때문이다.

서윤은 하루치 품삯이 들어 있는 전낭을 바라보았다.

큰돈은 아니지만 뭔가 제대로 일을 하고 번 돈이라 그런지 그만큼 소중하고 뿌듯했다.

"자, 좀 먹어라."

우인이 서윤에게 음식을 내왔다.

"교자 주지."

"다 떨어졌어, 인마. 그리고 우리 가게는 다른 음식도 맛있다니까 그러네."

서윤의 투덜거림에 한차례 핀잔을 준 우인이 서윤의 맞은편에 앉았다.

저녁 장사가 끝나가는 시간이라 조금 여유가 있었다.

"넌 왜 거기서 일하고 있었어?"

"어쩌다 보니 그렇게 됐다."

"어쩌다 보니?"

"어. 구경하러 갔다가 잡혀서 일했지."

그러면서 서윤이 있던 일을 털어놓았다. 자초지종을 모두 들은 우인은 황당하다는 표정을 지었다.

"얌마, 그럼 거기서 '제가 여기서 지낼 사람인데요' 하고 한마디 하면 될 걸."

"야, 그렇게 말한다고 믿겠냐? 내 행색 자체가 누가 봐도 그냥 이 마을에 사는 사람 꼴인데. 무공을 익혔을 거라고 누가 생각이나 하겠냐고."

"그래도 그렇지."

"그리고 뭐 아저씨들 일 좀 도와준 거니까 됐어. 야, 근데 이거 맛있다?"

"그렇지? 거봐. 맛있다니까."

서윤의 말에 우인이 우쭐해했다.

그렇게 조금은 황당한 일이 있던 하루가 지나갔다.

장원 공사는 닷새 만에 끝났다.

개보수 공사 수준이라 애초에 오래 걸릴 일이 아니었다.

첫날 장원에 갔다가 붙잡혀 일을 하게 된 서윤은 닷새 내내 가서 일을 도왔다.

닷새 동안 일하면서 품삯도 두둑하게 받았으니 나쁜 일도 아니었다. 게다가 일도 금방 손에 익어 첫날에 비해 힘이 덜 들었다.

공사가 모두 끝나자 양 씨가 많이 아쉬워했다.

서윤과 환상이라고 할 정도로 호흡이 잘 맞은 까닭이다. 계속 일을 한다면 중원 전체에서 으뜸가는 미장이가 될 수 있을 거라며 서윤을 꼬드겼지만 기어코 사양한 서윤이다.

닷새간의 공사가 끝나고 서윤에게 다시금 여유 시간이 생겼다.

서윤은 그동안 하지 못한 수련을 하기로 마음먹고 집에 틀어박혔다. 마을에 내려가 살게 되면 오고 싶어도 오지 못할 집이니 당분간은 마을에도 내려가지 않을 생각이다.

운기와 풍절비룡권 수련으로 시간을 보내길 나흘 정도 했을까.

"헥헥! 야, 뭐 한다고 얼굴 한번 안 비추냐?"

"수련 좀 하느라고. 무슨 일이야?"

서윤은 우인으로부터 한 장의 서찰을 받았다.

도통 마을로 내려오지 않은 탓에 우인이 직접 서찰을 들고 찾아온 것이다.

서윤이 서찰을 펴니 제갈공이 보낸 것이다.

서찰을 쭉 읽어 내려간 서윤은 날짜를 헤아려 보았다. 그러고는 숨을 고르고 있는 우인에게 물었다.

"이 서찰 언제 받았어?"

"어제 아침에."

"진짜? 큰일 났다!"

서윤이 서둘러 집안으로 뛰어들어 갔다. 우인은 턱밑까지 차오른 숨을 고르느라 서윤이 왜 그러는지 신경 쓸 겨를이 없었다.

잠시 후 간단하게 짐을 챙겨가지고 나온 서윤은 마당 한쪽에 있는 평상에 앉아 있는 우인을 보며 말했다.

"나 먼저 내려갈 테니까 천천히 와. 알겠지?"

그렇게 말한 서윤은 우인의 대답을 듣지도 않고 서둘러 산을 내려갔다.

서찰에는 무림맹 사람들이 마을에 도착하는 날짜와 대략적인 시간이 적혀 있었다. 날짜는 오늘, 시간은 정오였다.

정오까지 남은 시간은 대략 반 시진.

평소대로 걸어가면 십중팔구 시간에 늦을 것이다.

처음 만나는 자리에 지각할 수는 없는 노릇.

산 아래에 도착한 서윤은 쾌풍보를 극성으로 펼쳐 마을로 내달렸다.

서윤이 내려가고 난 후 우인은 그대로 평상에 드러누워 버렸다.

마을에 도착한 서윤은 아직 정오가 되지 않은 것을 확인하고는 천천히 장원 쪽으로 발걸음을 옮겼다.

장원까지 약 삼십 장 정도 남았을 때 누군가의 목소리가 들려왔다.

[서 소협, 잠시 오른쪽 골목으로 오십시오.]

낯익은 목소리. 일전에 마을을 방문한 구양경의 음성이다.

그곳에는 역시나 구양경이 서 있었다.

서윤을 본 구양경이 포권을 하며 인사했다.

"그간 잘 지내셨습니까?"

"아, 예."

서윤도 어색하게 포권을 했다. 아직은 무림의 이러한 인사법에 익숙하지 않은 그였다.

"의협대(義俠隊)에 가시기 전에 드릴 말씀이 있어 이렇게 불렀습니다."

"의협대?"

"아, 모르고 계셨습니까? 이 마을에 들어올 부대 이름입니다. 신설된 부대지요. 일단 이 부대의 지원은 저희 홍인 지부에서 맡게 될 겁니다."

"그렇군요."

지부가 들어서든 부대가 들어오든 서윤에게는 크게 상관없는 일이다.

"군사께서 전하라는 전언이 있었습니다."

"전언이요?"

"예."

서윤은 의아한 표정을 지었다. 조금 전 받은 서찰에는 날짜와 시간 외에 다른 이야기는 적혀 있지 않은 까닭이다.

'전할 말이 있으면 서찰에 한꺼번에 적어주시지……'

괜히 여러 사람 피곤하게 한다는 생각을 하며 서윤이 구양경을 바라보았다.

"내용이 뭡니까?"

"의협대에 들어가시면 권왕의 제자라는 것을 비밀로 하라는 내용입니다."

"알겠습니다."

서윤이 순순히 그러겠노라 대답하자 구양경이 허탈한 미소를 지었다. 왜 그래야 하느냐고 한 번 정도는 반문할 줄 알았기 때문이다.

하지만 서윤은 아직 신도장천으로부터 무공을 배웠다는 이야기를 할 생각이 없었다.

지금은 스스로가 떳떳하게 신도장천으로부터 무공을 사사한 후계자라고 말할 정도의 실력이 안 된다고 생각했기 때문이다.

물론 이는 아직까지 무림에서 자신의 실력이 어느 정도인지 정확하게 판단할 수 있는 잣대가 없기 때문이기도 했다.

어쨌든 할아버지의 이름에 누가 되는 일은 없어야 한다는 것이 서윤의 생각이었다.

"어쨌든 이제 가시죠. 서 소협의 소개는 제가 맡았습니다. 다른 사람들 앞에서 제가 하대를 하더라도 이해 부탁합니다."

"예."

배분으로 따지면 지금처럼 구양경이 서윤에게 존대를 하는 게 맞았다. 하지만 서윤은 그런 것을 따지지 않았다. 자신보다 나이가 많은 그이니 평대나 하대를 해도 기분 나빠하지 않았을 것이다.

무림의 예의나 규칙 같은 것은 서윤에게 생소했고, 굳이 따라야 할 필요성을 못 느끼는 부분이다.

서윤은 구양경을 따라 의협대라는 현판이 붙은 장원 쪽으로 발걸음을 옮겼다.

두 사람은 아직 아무도 도착하지 않은 장원 안으로 들어갔다. 의협대 대원으로 배정받은 사람들이야 아직 도착하지 않았다지만 사람이 들어왔음에도 누구의 모습도 보이지 않자 구양경은 인상을 찌푸렸다.

"잠시만 여기서 기다리십시오."

서윤에게 잠시 기다리라고 한 구양경이 빠르게 안으로 사라졌다. 혼자 남겨진 서윤은 괜히 주변을 두리번거리며 따분한 시간을 보내고 있었다.

"자네!"

그때 서윤의 뒤쪽에서 목소리가 들려왔다.

잠시 마을의 상점에서 이것저것 사가지고 돌아오는 첫날 서윤에게 일을 시킨 그 장한이었다.

"여기가 어디라고! 공사 다 끝났는데 여기서 뭐 하는 겐가?"

"그게……."

서윤은 뭐라 해야 할지 몰라 머리만 긁적였다.

"여기는 자네 같은 사람이 올 곳이 아니야! 얼른 나가게, 얼른!"

"저… 의협대에 볼일이 있어서 온 겁니다."

"허허! 글쎄 자네 같은 사람이 올 곳이 아니래두!"

장한은 서윤의 말을 믿지 않았다. 당연한 일이지만 서윤은 쓸쓸한 미소를 지으며 지금 이 상황을 어떻게 헤쳐 나가야 할지 고민했다.

하지만 고민은 오래가지 않았다.

구양경이 돌아왔기 때문이다.

"이보게, 사람이 왔는데 도대체 다들 어디 간 겐가!"

"어이쿠! 오셨습니까!"

구양경을 본 적이 있는 듯 장한이 급히 허리를 굽혔다. 성큼성큼 장한에게 다가온 구양경이 호통 치듯 말했다.

"대원들이 언제 올지 모르는 상황에 장원을 비우다니!"

"다들 급하게 필요한 것들을 좀 사러 나갔습니다. 반 시진 정도 늦을 거라는 서신도 받았기에……."

"반 시진 정도 늦을 거라고?"

"예. 여기……."

장한이 얼른 서신을 구양경에게 건넸다. 과연 장한의 말대로 서신에는 의협대원들이 조금 늦을 것이라는 내용이 적혀 있었다.

"흠, 어쩔 수 없지. 자, 가시죠. 아니, 가지."

구양경이 서윤에게 존대를 썼다가 장한의 의식하고는 서둘러 하대로 바꾸었다.

하지만 고개를 숙이고 있던 장한은 그것이 서윤에게 한 말이 아닌 자신에게 한 것으로 착각하고 구양경을 따라 발걸음을 옮겼다.

"자네는 왜 따라오는가? 얼른 나가지 못해?"

장한은 서윤이 함께 따라오자 두 눈을 부릅뜨며 다그쳤다. 그러자 구양경이 도리어 장한에게 호통 쳤다.

"감히 누구에게 나가라고 하느냐? 이자도 의협대의 대원이다! 내가 데려온 사람이거늘!"

"예?"

구양경의 호통에 장한이 화들짝 놀라며 두 사람을 번갈아 바라보았다.

특히 서윤을 바라보는 시선은 경악에 가까웠다.

지금 이 모습을 보고 누가 무공을 익혔으며 무림맹 사람이라 할 것인가?

옷차림부터가 마을 청년들과 다를 바가 없었다.

"저, 정말로 의협대 대원인가… 요?"

반사적으로 반말을 하려던 장한은 순식간에 존대로 바꾸었다.

"예, 맞습니다."

서윤이 웃으며 대답했다. 그러자 장한이 구양경에게 하던 것처럼 황급히 허리를 굽혔다.

"아이고! 잘못했습니다! 제가 몰라 뵙고 큰 실수를 저질렀습니다!"

장한의 과한 반응에 당황한 쪽은 서윤이었다. 서둘러 손을 저으며 말했다.

"아닙니다. 괜찮습니다. 허리 펴십시오."

서윤의 말에도 장한은 굽힌 허리를 펴지 않았다. 장한은 지금 죽을 맛이었다. 비단 오늘만이 아니다. 처음 본 날은 어찌했던가. 의협대 대원인 줄도 모르고 일까지 시켜먹지 않았던가?

이 일이 알려진다면? 내쳐지는 건 둘째 치고 목이 날아갈 판이다.

서윤은 난감하기 그지없었다.

하지만 구양경은 이 상황을 가만히 보고만 있었다.

서윤에게는 확실한 배경이 있다. 신도장천의 손자이자 제자
라는.

그것은 오늘 만나게 될 의협대 대원들보다 한참 위 배분이
라는 뜻이다.

그런 확실한 배경을 비밀에 붙이려는 이유는 한 가지였다.

다른 대원들이 괜히 서윤을 어려워하지 않고 같은 대원으
로서 위화감 없이 지내길 바라는 마음에서이다.

하지만 오히려 그런 점이 서윤에게는 불리하게 작용할 수
있었다. 신도장천의 존재를 비밀로 함으로써 서윤은 대문파나
세가 출신이 아닌 그저 그런 평민 출신이 되어버리는 것이다.

그렇게 되면 이곳에서 일하는 사람들조차도 서윤을 무시할
수 있었다.

배분 못지않게 신분이라는 것이 크게 작용하는 곳.

서윤이 살아야 할 세계는 그런 세계였다. 대원들과의 관계
는 서윤 스스로가 풀어야 할 문제였지만 이들과의 관계는 확
실하게 하고 가는 편이 좋았다.

"정말 괜찮습니다. 허리 펴십시오."

서윤이 다시 한 번 말했다. 그러자 장한이 천천히 허리를
폈다. 하지만 서윤과 눈을 마주치지는 못했다.

"앞으로 잘 부탁드립니다."

"아이고, 저야말로 잘 부탁드립니다."

서윤의 말에 장한이 연신 고개를 숙이며 대답했다. 그것을 본 구양경이 다시 입을 열었다.

"그만하면 되었으니 자네는 가서 일보게. 조금 있으면 대원들이 올 게야."

"알겠습니다!"

장한이 서둘러 그 자리를 벗어났다. 그가 멀어지자 구양경이 서윤에게 말했다.

"대원들을 제외하고 이곳에서 일하는 사람들은 모두 아랫사람입니다. 예를 차리고 잘 대해주는 것은 좋지만 과하면 역효과가 납니다. 그것이 신분이고 각자의 위치죠. 지금까지는 그런 것을 크게 따지지 않는 삶을 살아오셨겠지만 앞으로는 익숙해져야 할 겁니다."

구양경은 서윤이 어떻게 살아왔을지 경험을 통해 짐작하고 있었다. 아니, 경험으로 추론하지 않아도 마을 사람들과의 관계만 봐도 알 수 있었다.

그런 서윤이 다른 세상을 살아가는 데 있어 조금이나마 도움이 되었으면 하는 바람에서 한 말이다.

"알겠습니다."

서윤이 고개를 끄덕이며 대답했다. 마음 편하게만 생각하던 서윤은 이제야 조금 긴장되기 시작했다.

대원들이 도착한 것은 정오보다 반 시진 늦은 미시 초였다. 그들을 기다리고 있던 구양경은 서윤과 함께 정문 쪽으로 가 대원들을 맞았다.

족히 삼십 명은 되어 보이는 인원.

이렇게나 많이 올 줄 모르고 있던 서윤은 더욱 긴장하기 시작했다.

"어서 오게. 홍인 지부의 구양경일세."

"반갑습니다. 새로 의협대주를 맡게 된 모용건(慕容乾)입니다."

마흔이 안 되어 보이는 모용건은 미남이라는 말이 어울릴 정도로 잘생긴 사람이었다.

모용가가 비록 육대세가에 들 정도는 아니라 하나 누구 하나 모용가를 명문이라 부르지 않는 사람이 없을 정도로 뛰어난 가문이다.

그런 가문에서 교육을 받으며 자란 모용건은 풍기는 분위기 역시 반듯해 보였는데 겉모습만큼이나 성격도 바른 사람이었다.

"먼 길 오느라 힘들었을 텐데 어서 안으로 들지."

구양경이 반갑게 인사하고는 대원들을 장원 안으로 안내했다. 그러자 아까의 장한과 몇몇 사람이 달려 나왔다.

"우선 숙소에 짐부터 풀게나. 이들이 안내해 줄 걸세. 잘 모시게."

"여부가 있겠습니까. 자, 저를 따라오시지요."

장한이 공손하게 대답하고는 대원들을 숙소로 안내했다. 그를 따르는 대원들은 장원 곳곳을 둘러보며 발걸음을 옮겼다.

숙소로 향하는 그들을 바라보며 서윤이 입을 열었다.

"저들이군요."

"그렇습니다. 앞으로 함께할 동료들입니다."

'동료…….'

서윤이 속으로 동료라는 말을 곱씹었다. 굉장히 낯선 단어이다.

'이것도 익숙해져야겠지.'

그렇게 생각한 서윤이 입을 열었다.

"하나같이 기도가 대단한 것 같습니다."

"그렇겠지요. 저들 대부분이 명문가 자제이거나 대문파의 제자들이니."

구양경의 말에 서윤이 고개를 끄덕였다.

서윤이 경험해 본 무공이라고는 설시연의 무공과 한차례 손을 섞은 마영방주의 무공이 전부였다.

대문파, 그리고 명문가의 무공.

그 무공은 또 어떨지 궁금해지는 서윤이다.

"자, 우리도 가지요. 저들과 만나 인사를 나눠야 할 시간입니다."

구양경의 말에 서윤은 다시 긴장감이 올라오는 것을 느꼈다. 그리고 그를 따라 천천히 발걸음을 옮겼다.

한 식경 정도 지난 뒤 대원들은 장원의 중앙에 만들어진 연무장에 도열했다.

무림맹 내의 여러 부대에서 차출한 인원에 추가로 각 문파와 세가에서 뽑은 인원으로 구성되어 아직은 대원으로서의 유대감이 없을 텐데도 오와 열에 흐트러짐이 없었다.

그들이 모두 모이자 모용건과 구양경, 서윤이 모습을 드러냈다. 대원들의 시선이 모용건과 구양경이 아닌 서윤에게 집중되었다.

하나같이 '누구냐, 넌?'이라는 시선이다.

대원들 앞에 선 세 사람 중 먼저 입을 연 사람은 구양경이었다.

서윤을 소개하기 위함이다.

"난 구양경이다. 인근 홍인 지부에 있는 사람이고 이곳에서 임무를 수행할 의협대의 지원을 맡았다. 그리고 이쪽은……."

구양경이 서윤을 바라보았다. 그러자 서윤이 한 걸음 앞으로 나섰다.

"서윤입니다."

"앞으로 함께하게 될 동료다. 잘 대해주도록. 구파나 명문가 출신은 아니지만 그에 못지않은 사문을 가진 자다. 사정이 있어 밝힐 수는 없으나 무시하지 말고 동료로서 잘 가르쳐 주기 바란다."

"예!"

구양경의 말에 대원들이 큰 소리로 대답했다.

하지만 서윤은 알 수 있었다. 자신을 바라보는 그들의 시선에 의문이 가득 담겨 있다는 것을.

'고달프겠어.'

자신의 앞날을 예감하기라도 하듯 서윤이 속으로 중얼거렸다.

"저 뒤쪽에 가서 서게."

모용건의 말에 서윤은 재빨리 가장 뒤쪽의 비어 있는 자리로 달려갔다.

"이곳은 적의 본거지가 있을 것으로 예상되는 운남이 지척인 곳이다. 우리의 임무는 적의 움직임을 감시하고 유사시 일차 저지를 하는 역할을 맡게 될 것이다. 다시 말해 최전선이라는 뜻이다. 중책을 맡은 만큼 다들 이곳에서 흐트러짐 없이 생활하기 바란다. 알겠나?"

"예!"

서윤을 비롯한 대원들이 큰 소리로 소리쳤다.

"준비해 주게."

모용건이 장한에게 말했다. 그러자 장한과 또 다른 하인이 상자를 하나씩 들고 왔다.

"우리 의협대의 복식이다. 한 명씩 차례로 나와 받아가도록."

그 말에 대원들이 일사불란하게 움직이며 앞으로 나갔다. 장한에게서 옷을 받아 든 모용건이 일일이 옷을 나눠 주었다.

복식을 받은 대원들은 원래 서 있던 자리로 돌아갔다. 마치 바닥에 표시라도 해놓은 듯 원래 서 있던 그 자리다.

마지막으로 서윤까지 복식을 지급받자 모용건이 말했다.

"오늘은 첫날이니 다들 숙소로 돌아가 쉬도록. 정복 외 훈련복 등은 저녁 때 숙소로 가져다주겠다. 이상!"

"충!"

대원들이 짧게 복창했다. 그런 구호가 있는 줄 몰랐던 서윤은 입만 뻥끗거렸다.

서윤이 긴장한 표정으로 다른 대원들을 따라 발걸음을 옮길 때 모용건이 그를 불러 세웠다.

"자네는 나를 따라오게."

"예? 예."

모용건의 말에 서윤은 그의 뒤를 따라 대주 집무실로 발걸음을 옮겼다.

'잘 해내실 겁니다.'

구양경이 모용건을 따라 가는 서윤의 뒷모습을 보며 속으로 중얼거렸다.

모용건의 집무실에 도착한 서윤은 긴장한 표정으로 가만히 서 있었다.

집무실 문을 닫은 모용건이 서윤의 앞에 섰다.

멀지도, 가깝지도 않은 거리. 서윤은 물끄러미 그를 바라볼 뿐이다.

그런데 갑자기 모용건이 서윤에게 포권을 했다.

"모용가의 모용건이 권왕의 제자를 뵙습니다."

갑작스런 모용건의 예에 서윤은 어찌할 바를 몰라 멀뚱히 서 있었다.

서윤에게 예를 취한 모용건이 다시 입을 열었다.

"권왕의 손자이자 제자를 대원으로 맞게 되어 영광인 한편 부담도 됩니다."

"아닙니다. 사실 전 모르는 것이 많습니다. 잘 부탁드립니다."

서윤의 대답에 모용건이 미소를 지었다. 그러고는 다시 한 번 포권을 했다.

"미리 용서를 구합니다. 저보다 배분이 위인 분이시나 저는 대주이고 서 소협은 대원입니다. 게다가 대원들에게는 그 사실을 비밀로 하고 있으니 앞으로는 다른 대원들과 동등하게 대하도록 하겠습니다."

"물론입니다. 말씀드렸듯이 저는 모르는 것이 많습니다. 배분 같은 것도 잘 모르니 기분이 나쁠 것도 없습니다."

서윤의 대답에 고개를 끄덕인 모용건이 미소를 거두고 진지한 표정으로 말했다.

"이제부터는 의협대의 대주로서 자네를 대하겠네."

"예."

"동료들과 함께하는 생활은 처음일 테니 그것부터 익숙해져야 할 것이네. 쉽지 않겠지만 적응하는 것 또한 훈련이니 빠른 시일 내에 그들에게 녹아들 수 있게 노력하도록."

"알겠습니다."

"나가보게."

"충!"

서윤이 아까 대원들이 한 복창을 떠올리며 대답했다. 그에 미소와 함께 고개를 끄덕인 모용건이 서윤을 내보냈다.

'큰 걱정 안 해도 되겠군.'

눈치가 있으면 어디 가서든 잘 지낼 수 있는 기본은 된 것. 모용건은 앞으로의 생활이 기대된다는 표정으로 의자에 앉아 몸을 기댔다.

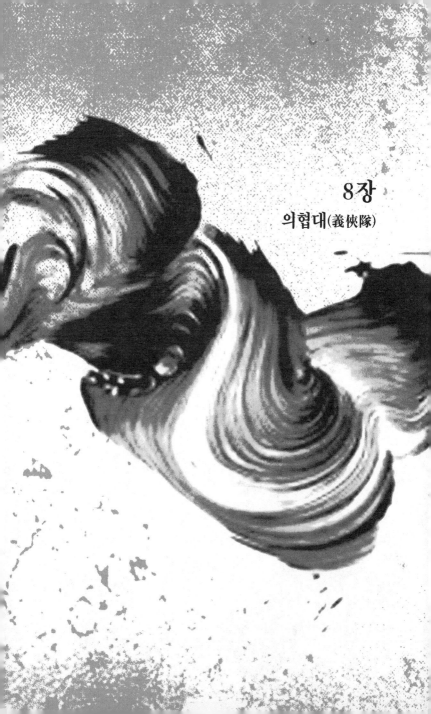

8장

의협대(義俠隊)

風神徐闇

풍신서윤

　새로운 환경을 접하게 되면 누구나 아는 사람과 뭉치게 마련이다. 지금도 마찬가지였다.

　무림맹을 떠나 이곳까지 오는 동안 안면을 튼 의협대원들이지만 아무래도 낯선 곳에서 적응할 때에는 좀 더 익숙한 사람들과 어울리게 마련이다.

　서로 다른 부대에서 차출된 터라 기본적으로는 같은 부대에 있던 대원들끼리 뭉쳐 이야기를 나누곤 했다. 그것이 아니라면 이전부터 안면이 있던 자들끼리 뭉치거나.

　하지만 이런 분위기에서 완전히 소외되어 있는 이가 있었다.

바로 서윤이다.

아는 사람 한 명 없는 숙소에 홀로 덩그러니 앉아 있다.

'흠······.'

생전 처음 보는 사람에게 먼저 다가가서 말을 걸 만큼 서윤은 얼굴이 두껍지 못했다.

그나마 다행이라면 숙소가 네 명이 함께 쓰는 방으로 배정되었다는 점이다.

만약 서른에 가까운 인원 모두가 외면한다면 견디기 어려울 것 같았다.

서윤은 침상에 벌렁 드러누웠다.

방에는 혼자 있는 상황. 일단 같은 방을 쓸 사람들이 오면 그들과 먼저 친해져야겠다고 생각했다.

그렇게 얼마를 누워 있었을까.

날도 제법 어두워져 슬슬 잠이 오려는 찰나에 방문이 열렸다.

그 소리에 눈을 번쩍 뜬 서윤이 몸을 일으켰다.

그러자 저녁 식사 후 한바탕 땀을 흘린 대원 세 명이 안으로 들어왔다.

과연 구양경의 말대로 거대 문파의 제자이거나 명문가의 자제라 그런지 다들 반듯한 분위기를 풍기고 있다.

방으로 들어온 세 사람은 이내 갈아입을 옷을 들고 씻기 위해 방을 나섰다.

결국 서윤은 말 한마디 해보지 못하고 또다시 홀로 남았다.

'보고 싶다, 우인아!'

오늘따라 유독 우인과 소옥이 보고 싶은 서윤이었다.

첫날은 그렇게 어색한 분위기 속에 지나갔다.

같은 방을 쓰는 대원들이 씻으러 간 사이에 서윤이 잠들어 버렸기 때문에 대화 한 번 해보지 못한 상태이다.

서윤은 평소보다 일찍 눈을 떴다.

일찍 잠들긴 했으나 아무래도 긴장 속에 자다 보니 잠을 조금 설친 면이 없지 않아 있었다.

잠에서 깬 서윤은 주변을 두리번거렸다.

다른 사람들은 아직 자고 있었다. 그 모습을 본 서윤은 피식 웃음을 지었다.

자고 있는 모습이 제각각이다.

어제 느낀 반듯한 분위기와 달리 헝클어진 모습을 보니 웃음이 나왔다.

잠시 그들을 보고 있던 서윤은 전날 받은 일과표를 펼쳤다.

기상 시간까지는 아직 반 시진 정도 남은 상황.

서윤은 곧장 가부좌를 틀고 운기에 들어갔다.

누가 깨운 것도 아닌데 기상 시간이 되자 하나둘 눈을 떴다. 무림맹에 있는 동안에도 같은 시간에 일어나 일과를 시작한 듯했다.

그들이 깰 무렵 서윤도 운기를 마쳤다.

눈을 뜨자 부스스한 모습으로 씻으러 나가는 대원들이 보였다.

서윤이 작게 한숨을 내쉬었다.

아침 식사를 마친 대원들은 지급받은 훈련복을 갖춰 입고 연무장에 도열했다.

일과표대로라면 오전 훈련 시간.

서윤은 오전 훈련으로 무엇을 할지 궁금했다.

서로가 각기 다른 무공을 익히고 있을 텐데 어떻게 훈련을 할지 알 수 없었던 것이다.

'대련? 비무? 아니면 각자 훈련?'

서윤이 아는 것이라고는 그 정도뿐이다.

그렇게 머릿속 한가득 훈련에 대한 궁금증을 품고 있을 때 대주인 모용건이 연무장으로 걸어왔다.

그 역시 어제와 달리 훈련복을 착용한 상태였다.

"다들 잘 잤나?"

"예!"

대원들이 우렁찬 목소리로 대답했다. 대원들 중에는 여자도 섞여 있었으나 남자들의 큰 소리에 묻혀 가녀린 목소리는 들리지도 않았다.

"오늘 오전 훈련 시간에는 조를 나눌 것이다. 호명하는 사람은 우측으로 빠지도록."

"충!"

대원들의 대답에 조 편성표를 든 모용건이 한 명씩 이름을 부르기 시작했다.

호명된 대원들이 우측으로 빠지자 대원들의 시선이 자연스레 그들 쪽으로 향했다.

누가 누구와 한 조가 되었는지, 자신은 누구와 한 조가 될 것인지 궁금한 것은 당연했다.

"이렇게 한 조다. 알겠나?"

"예!"

열 명의 조원이 큰 소리로 대답했다. 그러자 모용건이 다음 사람을 호명했다. 그러자 도열해 있던 대원들이 알겠다는 듯 고개를 끄덕였다.

첫 조는 모두 검을 쓰는 대원들이었다.

그렇게 한 조가 만들어진 후 호명된 대원은 도를 쓰는 대원이었다.

자연스레 도를 쓰는 대원들이 서로 시선을 교차했다.

중원에서 도로 유명한 가문은 하북의 팽가이다. 팽가의 오호단문도(五虎斷門刀)는 그 위력이 상당한 도법이다.

하지만 이는 가주 직을 이을 자만 익힐 수 있는 도법으로 그 외 팽씨들은 철혈적성도(鐵血摘星刀)나 혼원벽력도(混元霹靂

刀)를 익혔다.

팽씨가 아닌 그 외 가신들은 대부분이 왕자사도(王字四刀)를 익히고 있었다.

지금 이 자리에 모여 있는 의협대원 중 도를 쓰는 사람도 대부분이 하북팽가의 사람들이었다. 모용건이 호명한 열 명 중 네 명이 팽가 사람으로 네 명 모두가 팽씨였는데 친형제는 아니고 사촌지간이었다.

나머지 여섯 명은 그 외 문파 출신이었다.

구파 모두가 검을 쓰는 문파인지라 나머지 여섯 명은 구파 출신은 아니었으나 그에 버금가는 거대 문파 출신이었다.

그렇게 두 번째 조까지 편성되고 나자 아직 호명 받지 못한 자들끼리 시선을 주고받았다.

모두가 서윤처럼 권을 쓰는 자들이다.

"그리고 나머지가 한 조다."

서윤을 포함한 나머지 열 명이 다시 오와 열을 맞춰 섰다.

"눈치채서 알고 있겠지만 검을 쓰는 조와 도를 쓰는 조, 그리고 권을 쓰는 조로 나누었다. 같은 병장기를 써야 각각의 무공에 대한 이해도도 높고 앞으로 배울 연수합격도 큰 위력을 발휘할 수 있기 때문이다."

'연수합격?'

서윤의 눈이 빛났다. 연수합격. 강한 적을 맞아 다수가 상대할 때 쓰는 방법이다.

그런 것을 배워본 적 없는 서윤에게 연수합격은 호기심을 불러일으키기에 충분했다.

"조가 편성되었으면 조장이 있어야겠지?"

모용건의 말에 대원들이 웅성거리기 시작했다.

조장. 대주인 모용건의 바로 밑이자 나머지 조원을 통솔하는 역할을 한다.

말 그대로 감투였다.

감투에 욕심이 없는 자가 어디 있을까.

각 조의 조원들끼리 시선을 교차하며 누가 경쟁자가 될 것인지 가늠하기 시작했다.

도를 사용하는 두 번째 조는 하북팽가 출신 네 명 중 한 명이 조장을 맡는 쪽으로 분위기가 흘러가고 있었으나 나머지 조는 오리무중이었다.

"조장은 이제부터 선발할 것이다. 우선 조원들끼리 상의하여 후보자 두 명을 추천하도록."

모용건의 말에 각 조의 조원들이 모여 상의를 시작했다. 서윤의 조 역시 마찬가지다.

"권 하면 역시 소림과 황보가 아니겠습니까?"

조원 중 한 명이 말했다. 그러자 다른 조원들의 시선이 자연스레 두 사람에게 쏠렸다.

한 명은 누가 봐도 중이다.

천보(天寶)라는 법명을 가진 자로 소림의 절기인 선천나한십팔수(先天羅漢十八手)를 익힌 자였다.

다른 한 명은 서윤도 눈에 익은 자였다.

서윤과 같은 숙소를 쓰는 자로 황보세가의 황보수열(皇甫邃熱)이다.

황보가는 예로부터 권으로 유명한 가문이다.

대표적인 권법을 꼽자면 단연 벽력신권(霹靂神拳)으로 황보가 인근에 있는 태산을 무너뜨릴 만큼 벽력같은 위력이 인상적인 권법이다.

무당과 화산 등 구파에도 권법이 존재하고 전해지고 있으나 소림과 황보가의 권에는 미치지 못하는 것이 사실이었다.

서윤은 조용히 입을 다물고 그들이 하는 이야기를 듣고만 있었다. 스스로 나서서 자신의 무공을 드러내고 싶은 마음은 없었다.

지금은 같은 조원이 누구인지, 그들의 실력은 어느 정도인지를 파악하는 것이 우선이었다.

그때 조장 후보로 추천을 받은 황보수열이 입을 열었다.

"그러고 보니 우리는 아직 서 소협에 대해서 아는 것이 없습니다."

그의 말에 모두의 시선이 서윤에게 쏠렸다. 당황한 서윤의 눈동자가 흔들렸다.

"나이가 어떻게 되십니까?"

"올해 스물한 살입니다."

서윤이 나이를 말하자 모두가 의외라는 표정으로 쳐다보았다.

비록 서윤이 키가 크고 덩치가 있다고는 하나 이제 갓 스무 살이나 되었을까 싶은 외모를 가지고 있는 탓이다.

"서 형이셨군요. 실례가 되지 않는다면 실력이 어느 정도 되는지 여쭤봐도 되겠습니까?"

최대한 공손하게 물었으나 상대의 실력을 이렇게나 대놓고 묻는 것은 실례가 될 수 있는 일이다.

"크게 내세울 정도는 되지 못합니다."

서윤이 무표정으로 대답했다. 정확하게 자신의 실력이 어느 정도인지 알지 못하기 때문인 것도 있고 굳이 실력을 드러내 조장을 하고 싶은 마음도 없었다.

하지만 다른 조원들은 서윤의 말을 곧이곧대로 받아들이지 않았다.

무림맹에 들어왔다는 것 자체가 일단 어느 정도 실력을 인정받았다는 뜻이다.

게다가 조원들은 구양경이 서윤을 따로 소개하고 사문을 비밀에 붙일 정도라면 제법 대단한 실력을 갖추고 있을지도 모른다는 생각을 하고 있었다.

만약 서윤이 중단전을 제대로 열지 못했다면 황보수열이나 천보 정도는 서윤의 실력을 어느 정도 파악했을지도 모른다.

하지만 중단전을 완전히 연 서윤은 겉으로 그 실력이 드러나지 않았다.

그런 점이 조원들을 더욱 헷갈리게 만들고 있었다.

"그렇군요. 알겠습니다."

황보수열은 서윤에게 더 이상 묻지 않았다. 그에 다른 조원들도 서윤에게서 시선을 거두었다.

'휴……'

속으로 안도의 한숨을 내쉰 서윤은 다시 조원들의 말에 집중했다. 역시나 조장 후보로는 천보와 황보수열이 올랐다.

서윤의 조와 비슷하게 다른 조에서도 후보가 정해진 듯했다.

첫 번째 조에서는 무당의 현궁(玄穹)과 남궁세가의 남궁위(南宮偉)가 조장 후보로 올랐고, 두 번째 조에서는 역시나 팽가의 네 명 중 두 명인 팽가섭(澎可涉)과 팽염(澎炎)이 후보에 올랐다.

서윤의 조에서 천보와 황보수열이 나서자 모용건의 눈에 이채가 스쳤다.

'실력을 드러내지 않았음인가?'

모용건의 시선이 잠시 서윤에게 머물렀다. 하지만 서윤은 표정의 변화 없이 서 있을 뿐이다.

각 조의 조장 후보들을 본 대원들은 올라올 사람들이 올라왔다는 듯 고개를 끄덕였다.

"그럼 나머지 조원들은 모두 뒤로 물러나도록!"

모용건의 말에 대원들이 일사불란하게 뒤로 물러섰다. 공간

이 확보되고 조장 후보들만 앞에 남게 되자 모용건이 그들을
보고 말했다.

"각 조의 후보끼리 비무를 펼친다. 당연히 승자가 조장이
다."

후보 두 명을 추천하라고 했을 때 이미 짐작했다는 듯 여
섯 명은 크게 놀라는 기색 없이 고개를 끄덕였다.

"질문 있습니다."

손을 든 사람은 남궁위였다.

"뭔가?"

"대련이 아닌 비무입니까?"

"그렇다. 비무다."

대련과 비무의 차이는 명백하다. 대련이 서로의 실력 향상
을 목적으로 서로 다치지 않게 실력을 겨루는 것이라면 비무
는 달랐다.

비무는 도중에 상대가 다쳐도 문제 삼지 않았다. 실력 향상
이 아닌 진정한 승부를 겨루는 방식, 그것이 비무였다.

그제야 조장 후보들 사이에 긴장감이 흘렀다.

"단, 한 가지 제약이 있다. 지닌 바 일 할의 내력만 사용한
다."

실력이라는 것은 지닌 내력의 양뿐만 아니라 검법, 도법, 권
법의 숙련도와 경험 등이 어우러진 것이다.

그런데 내력에 제약을 가하겠다는 것은 순수하게 지닌 무

공의 숙련도와 경험만 가지고 판단하겠다는 뜻이다.

하지만 조장 후보 정도 되면 숙련도는 비슷한 경지에 올랐을 테니 경험을 바탕으로 조원들을 이끌 수 있는 능력을 평가하겠다는 것과 같았다.

"먼저 일조부터."

모용건의 말에 나머지 네 사람은 대원들이 있는 쪽으로 물러났다.

현궁과 남궁위가 마주 보고 섰다.

검을 뽑아 든 현궁은 무당의 대표적인 검법 중 하나인 칠성검(七星劍)의 기수식을 취했다.

칠성검을 익혔다는 것은 추후 무당의 칠성검진을 구성하는 칠성검수로 낙점되었다는 뜻.

그만큼 무당에서도 기대가 큰 재목이라는 말이다.

남궁위의 검법은 당연히 창궁무애검법(蒼穹無涯劍法)이었다.

서로에게 검을 겨눈 두 사람은 한참을 움직이지 않았다.

계속해서 서로의 허점을 찾고 있었으나 쉽지 않은 까닭이다.

그 모습을 다른 대원들은 숨죽이고 바라보았다.

누가 이길까.

무당을 대표하는 현궁과 그 위력이 대단하다는 남궁가의 남궁위.

쉽게 결과를 장담하기 어려웠다.

'어렵네.'

두 사람을 바라보던 서윤이 속으로 중얼거렸다.

그가 보기에 현궁과 남궁위는 계속해서 허점을 노출시켰다가 감추며 상대의 움직임을 유도하고 있었다.

하지만 그렇다고 해서 섣불리 움직였다가는 도리어 당할 수도 있다.

'나라면 어떻게 할까.'

서윤은 자신의 무공을 떠올리며 생각했다.

나라면 어떻게 움직일까. 나라면 이길 수 있을까.

그런 생각을 할 때 공기가 바뀌었다.

먼저 움직인 이는 현궁이었다.

현궁의 검이 횡으로 그어졌다. 충분히 피할 수 있어 보이는 속도. 하지만 남궁위는 검을 마주쳐 갔다.

쩡!

묵직한 금속음이 연무장에 울려 퍼졌다.

내력을 많이 담지 않았기 때문인지 그 여파는 크지 않았다.

두 검이 부딪치는 순간 현궁의 검이 절묘하게 변화하며 남궁위의 가슴팍을 노렸다.

남궁위의 다리가 분주하게 움직였다.

모습을 드러내는 남궁가의 무한보(無限步).

현궁의 검이 아슬아슬하게 남궁위의 가슴을 스쳐 갔다. 하지만 완전히 피하지는 못했는지 옷이 살짝 찢어지고 말았다.

남궁위가 인상을 찌푸렸다.

그러고는 무한보를 펼쳐 현궁에게 다가가며 검을 뿌렸다.

연이어 펼쳐지는 창궁무애검법의 절초들.

하지만 현궁의 신형은 물 흐르듯 부드럽게 남궁위의 검이 채운 공간을 벗어났다.

명불허전이라는 말이 딱 어울리는 현궁의 제운종이다.

현궁의 검이 다시 한 번 호선을 그렸다.

둥글둥글한 듯 보이지만 절묘하게 요혈을 찌르는 그의 검에 남궁위는 힘 있는 검초로 맞섰다.

쩌저저정!

연달아 터지는 금속음.

하지만 두 사람 모두 물러서지 않으며 서로를 향해 검을 뿌렸다.

아슬아슬하게 서로를 스쳐 가는 검.

위에서는 위력적인 검초가 서로를 노렸고, 아래에서는 제운종과 무한보가 더 좋은 방위를 잡기 위해 치열한 다툼을 벌이고 있다.

두 사람의 비무는 서윤에게 큰 가르침을 주었다.

비록 두 사람은 검을 쓰는 무인이지만 배울 점이 많았다.

상대의 공격에 대응하는 법, 피할 때와 막을 때, 반격할 때와 거리를 벌려야 할 때가 다 다르다는 걸 알 수 있었다.

서윤도 상황에 따라 그에 맞는 대응을 하지만 그건 어디까지나 감에 의존하는 경향이 있었다.

하지만 현궁과 남궁위의 움직임은 감이 아닌 경험에 의한 것이었다.

직접적으로 비교를 해봐야 정확하게 알 수 있겠지만 내력이나 객관적인 무공의 수위는 서윤이 조금 더 높을 수 있어도 경험적인 면에서는 그들이 월등했다.

'기대되는군.'

서윤이 중얼거렸다.

앞으로 두 번의 비무가 더 남아 있는 상황.

그들의 비무를 통해 또 어떤 것을 배우게 될지 궁금해지고 설레기 시작했다.

그러는 사이 현궁과 남궁위의 비무가 끝났다.

현궁의 검은 남궁위의 얼굴 옆을 스쳐 지나갔고, 남궁위의 검 끝은 현궁의 심장을 겨누고 있다.

"그만!"

모용건의 말에 두 사람이 검을 거두고 물러섰다.

이긴 남궁위도 패한 현궁도 표정에는 큰 변화가 없었다. 정확하게 말하면 기쁨과 아쉬움의 감정이 드러나지 않았다.

다만 후련한 마음은 있는지 두 사람 모두 입가에 옅은 미소를 짓고 있다.

"조장은 남궁위다. 조원들을 잘 이끌도록."

"충!"

남궁위가 큰 소리로 대답했다. 그러자 조원들이 박수로 남궁위의 조장 선임을 축하해 주었다. 현궁 역시 진심으로 축하해 주고 있다.

짧은 즉위식이 끝나고 두 번째 조 차례가 되었다.

후보는 팽가섭과 팽엽.

같은 가문 사람끼리의 대결인지라 더욱 관심이 갔다. 모용건의 부름에 두 사람이 앞으로 나왔다.

두 사람의 입가에는 미소가 피어 있다.

자신들이 생각하기에도 지금 이 상황은 흥미로운 대결이었다.

무공 수련은 함께 해왔지만 가벼운 대련 외에 직접적인 비무는 한 번도 해본 적이 없는 까닭이다.

게다가 그 대련마저도 승부는 엎치락뒤치락했다.

또한 둘은 서로 다른 도법을 익히고 있었다.

팽가섭은 철혈적성도, 그리고 팽엽은 혼원벽력도.

직접 비무를 펼치는 두 사람도, 그리고 이를 지켜보는 사람도 결과가 궁금해지는 대결이었다.

"준비됐으면 시작하도록."

모용건의 말이 떨어지기가 무섭게 형인 팽가섭이 도를 들었다.

"처음부터 제대로 가는 거다."

"물론입니다."

팽엽이 미소를 지으며 도를 들었다. 그리고 두 사람은 순식
간에 격돌했다.

꽝!

일 할의 내력만 사용할 수 있도록 제약을 가했으나 두 사람
은 그 안에서 최고의 위력을 뿜어내고 있었다.

다음은 없다는 듯 휘둘러진 도가 충돌하며 제법 큰 폭음
을 만들어내었다.

두 사람 모두 살짝 튕기듯 뒤로 물러났다.

하지만 언제 그랬냐는 듯 다시금 서로를 향해 달려들며 묵
직한 공격을 연거푸 뿌려댔다.

까가가강!

불꽃이 튀는 것 같은 착각이 들 정도로 두 사람의 도가 허
공에서 수차례 부딪쳤다.

여느 사람 같으면 몇 번이고 도를 놓치고 말았을 것 같은
위력적인 공격이 들어갔으나 두 사람은 용케도 그것을 막아내
었다.

방어는 없었다. 오로지 공격만 있을 뿐.

두 마리의 호랑이가 서로를 향해 으르렁거리듯 살벌한 초식
들이 펼쳐졌다.

앞선 두 사람의 검법처럼 변화가 있거나 돌아가지 않았다.

오로지 직선적인 움직임.

검보다 더 크고 무거운 도임에도 두 사람은 가볍게 휘둘러

갔다.

'비슷해.'

서윤은 두 사람의 도법을 보며 자신의 움직임을 떠올렸다.

직선적이고 강맹한 풍절비룡권.

철혈적성도와 혼원벽력도에는 서윤의 움직임과 비슷한 부분이 많았다.

그런 두 사람의 도법을 보는 것만으로도 서윤에게는 많은 공부가 되었다.

팽가섭의 철혈적성도가 팽엽을 잡아먹을 듯 펼쳐졌다.

그에 맞서는 팽엽의 혼원벽력도가 절대 뚫을 수 없을 것 같은 방어막을 펼쳐 냈다.

그렇게 한 번의 공방이 끝나고 나자 곧장 혼원의 방패가 날카로운 창으로 변해 철혈의 방벽을 노리고 날아들었다.

보는 이를 감탄하게 만드는 공방.

손에 땀을 쥐게 하는 비무가 눈앞에서 펼쳐지고 있다.

일 할의 내력을 가지고 이런 위력을 뿜낸다면 가진 바 내력을 다 쓸 때의 위력은 어떠할지 상상이 가질 않았다.

쨍!

두 사람의 도가 다시 한 번 충돌했다.

동시에 뒤로 튕겨 나가는 두 사람.

짧은 순간 한정된 내력을 전력으로 쏟아내다 보니 금방 힘에 부치는 모습이다.

뒤로 이 장 정도 밀려난 팽가섭과 삼 장 이상 밀려난 팽엽. 결과로 봤을 땐 팽가섭의 승이다.

하지만 팽가섭이 도를 거두고 모용건에게 말했다.

"졌습니다."

그에 모용건을 비롯한 모두가 의아한 표정으로 팽가섭을 바라보았다. 팽엽도 놀란 표정이다.

"일 할을 넘는 내력을 사용했습니다. 규칙을 어겼으니 제 패배입니다."

"사실인가?"

"예, 사실입니다."

그 말에 모용건이 고개를 끄덕였다. 그렇게 팽엽의 승리를 선언하려던 찰나 팽엽이 나섰다.

"전 조장이 될 수 없습니다."

팽엽의 말에 모용건은 이건 또 무슨 소리냐는 듯 바라보았다.

이 상황을 지켜보고 있는 다른 대원들 역시 흥미진진한 표정이다. 어떤 이는 두 사람의 비무보다 지금 이 상황이 더 흥미롭다는 눈빛이다.

"합당한 이유를 대지 못하면 결과대로 네가 조장이다."

모용건의 말에 팽엽은 바로 대답하지 못했다. 잠시 생각을 정리하는 듯하던 팽엽이 입을 열었다.

"저보다 형님이라는 사실은 이유가 될 수 없을 테니 그건

넘어가겠습니다. 일단 지금의 비무만 봐도 제가 진 비무입니
다."

"계속하도록."

"전 형님의 철혈적성도를 당해내지 못했습니다."

"그건 나도 마찬가지다."

듣고 있던 팽가섭의 말에 팽엽이 고개를 저었다.

"아니요. 형님은 제 혼원벽력도를 뚫었습니다."

그러면서 팽엽이 팔을 살짝 들어 보였다. 그러자 옆구리의
살짝 찢어진 옷 사이로 핏물이 보인다.

팽가섭이 인상을 찌푸렸다.

다시 생각해 봐도 손에 걸리는 느낌은 없었다.

작은 상처에 불과했지만 어쨌든 뚫은 건 뚫은 것이다.

"흠……."

모용건이 인상을 찌푸렸다.

팽가섭은 규칙을 어겼고, 팽엽은 상처를 입었다.

무공으로는 이미 팽가섭이 이긴 상황. 하지만 그렇다고 규
칙을 어긴 그를 아무렇지도 않게 조장으로 임명하자니 찜찜
함이 남았다.

잠시 생각하던 모용건이 조원들을 바라보며 말했다.

"조원들에게 묻겠다."

모용건의 말에 이조 조원들이 모두 그를 바라보았다.

"팽가섭을 조장에 임명해도 되겠는가?"

그의 말에 조원들이 서로를 쳐다보았다.

모용건이 조원들에게 의견을 묻는 것은 다른 이유가 아니었다.

조장이 조원을 잘 이끄는 것도 중요하지만 그만큼 조원들의 마음을 얻어야 하는 법.

후보로 추천된 만큼 그 부분은 어느 정도 검증이 되었다고 볼 수 있었지만 지금의 상황은 또 달랐다.

짝, 짝, 짝짝짝!

잠시 서로 시선을 교환하던 조원들이 천천히 박수를 치기 시작했다.

팽가섭을 조장으로 받아들이겠다는 뜻.

그에 팽가섭은 멋쩍은 표정을 지었고, 팽엽은 환하게 웃었다.

'부러운 형제애로구나.'

서윤이 속으로 중얼거렸다. 형제가 없는 서윤에게는 두 사람의 모습이 마냥 부럽기만 했다.

그렇게 이조 조장은 팽가섭으로 결정되었고, 마지막으로 서윤이 속한 조의 조장 결정전이 시작되었다.

천보와 황보수열이 앞으로 나왔다. 그에 서윤은 앞으로 펼쳐질 비무에 집중했다.

지금까지는 자신과 달리 병장기를 사용하는 사람들의 비무였다면 이제부터는 자신처럼 권을 쓰는 자들끼리의 비무이기 때문이다.

직접적으로 무언가를 느낄 수 있는 비무.

자신이 익힌 풍절비룡권과 직접적인 비교를 해볼 수 있는 시간.

그렇다 보니 더욱 관심이 갔다.

천보와 황보수열이 마주 보고 섰다.

두 사람은 이전에 서로 만난 적이 없었다. 무림맹 내에서도 서로 다른 부대에 있었고 임무도 달랐기 때문이다.

하지만 권에 대해 논할 때 후기지수 중 이름이 빠지지 않는 이가 바로 천보와 황보수열이었다.

그렇다 보니 사람들 사이에서도 누가 더 세다는 식의 논쟁이 조금 있었다.

그건 지금 이 자리에 있는 대원들도 마찬가지였다.

어찌 보면 지금 이 둘의 대결이 오늘 비무의 백미라 할 수 있었다.

가볍게 서로를 향해 포권을 한 두 사람이 동시에 기수식을 취했다.

천보는 선천나한십팔수의 기수식을, 그리고 황보수열은 벽력신권의 기수식이다.

무게감이 있어 보이는 두 사람의 모습에 모두가 숨소리도 죽인 채 시선을 떼지 못했다.

파박!

황보수열이 가볍게 발을 디뎠다.

하지만 그의 신형은 어느새 천보의 앞에 다가서 있었다.

서윤은 깜짝 놀랐다.

쾌풍보 못지않은 속도였던 것이다.

양보하지 않고 선수를 취함으로써 황보수열은 조장에 대한 의지를 드러낸 것이나 다름없었다.

갑작스레 황보수열이 자신의 앞에 나타났지만 천보의 표정에는 전혀 변화가 없었다.

그의 다리가 부드럽게 움직임과 동시에 살짝 앞으로 내민 그의 손이 움직였다.

가볍게 원을 그리며 일직선으로 뻗어오는 황보수열의 팔을 밀어낸 천보가 반대편 주먹을 찔렀다.

오른손과 왼손이 만들어낸 절묘한 조화.

하지만 황보수열도 만만치 않았다.

살짝 뒤로 물러서며 천보의 권격을 피해낸 그가 뒤쪽에 버티고 선 뒷발을 박차며 다시 앞으로 다가섰다.

한 호흡에 물러섬과 나아감을 활용해 방어와 공격을 펼치는 절묘한 기술이다.

천보의 다리가 다시 움직였다.

빠르게 움직이는 것이 아닌, 간단한 움직임으로 절묘하게 황보수열의 공격 범위 밖으로 물러섰다.

일방적인 공격과 일방적인 방어가 시작되었다.

천보의 보법과 선천나한십팔수는 황보수열의 공세를 빈틈 없이 막아내고 있었다.

서윤은 천보의 움직임에서 개안하고 있었다.

지금까지는 황보수열과 비슷하게 속도와 공격으로 상대를 제압하고자 했다.

하지만 빠르지 않아도 충분히 상대방을 이겨낼 수 있다는 것을 천보가 몸소 보여주고 있었다.

천보의 선천나한십팔수에 변화가 온 적은 그때였다.

부드럽게 곡선을 그리며 사방위를 막아가던 그의 주먹이 빨라졌다.

사방위를 막아가는 것은 같았으나 방위를 더욱 쪼개 팔방위를 점하기 시작했다.

황보수열의 손속이 어지러워지기 시작했다.

사방위를 점하며 공격을 펼치던 황보수열의 주먹도 팔방위를 공격해 가기 시작했다.

하지만 천보의 방어벽은 견고했다.

심지어 팔방위로 방위를 쪼개기 시작하면서부터는 방어와 함께 반격이 이뤄지기 시작했다.

황보수열은 속도를 높였다.

하지만 내력의 일 할만 사용해야 하는 제약이 걸린 상황에서 낼 수 있는 속도에도 한계가 있었다.

반면 천보는 최소한의 내력으로 효율적인 방어를 펼치고 있었다.

꽈릉!

마치 천둥이 치는 것 같은 소리가 들렸다.

황보수열이 벽력신권의 절초들을 꺼내 보이기 시작한 것이다.

적은 양의 내력으로 펼쳐 내는 것임에도 그 위력이 상당했다. 앞선 팽가 형제가 펼친 위력적인 도법과는 또 다른 느낌이다.

황보수열이 본격적으로 벽력신권을 펼치기 시작하자 천보의 움직임에도 또 한 번의 변화가 찾아왔다.

좀 더 빨라지고 손속도 어지러워졌다.

피해내고 밀어내는 횟수보다 막아내는 횟수가 더 많아졌다.

천보도 조금 더 내력을 끌어올렸다.

회색 법의 자락이 펄럭이기 시작했고, 선천나한십팔수도 위력을 더해가기 시작했다.

더욱 견고해지는 방어벽.

그리고 깨뜨리려는 벽력신권.

그 결과가 어떻게 나타날지 모두가 주목하고 있다.

천보와 황보수열의 이마에서부터 땀이 흘러내리기 시작했다.

그만큼 전력을 다하고 있다는 뜻.

'제발 좀 깨져라!'

황보수열이 이를 악물고 주먹을 뻗으며 속으로 소리쳤다.

꽈릉!

다시 한 번 천둥치는 소리가 났다.

그리고 처음으로 천보의 방어벽이 흔들렸다.

쉴 새 없이 몰아치는 공격에 천고의 방어벽도 버텨낼 재간이 없었던 것이다.

단 한 번의 균열은 결국 틈을 만들어내었다.

마치 물 만난 물고기처럼 벽력신권이 비산하기 시작했고, 선천나한십팔수에 생기기 시작한 균열은 더욱 커져갔다.

천보의 표정이 처음으로 찌푸려졌다.

부동심을 유지하고 있던 그의 마음에도 균열이 생긴 것이다.

점차 가속도가 붙는 균열.

균열이 결국 방어벽을 조각내는 그 순간, 천보의 복부에 황보수열의 주먹이 닿았다.

"졌습니다."

천보가 깨끗하게 패배를 인정했다. 크게 호흡이 흐트러지지 않은 천보와 달리 승리한 황보수열은 거칠게 숨을 몰아쉬고 있었다.

이겼으나 진 것 같은 찜찜함.

황보수열의 표정도 그 기분처럼 개운하지 않았다.

"삼조의 조장은 황보수열이다."

모용건의 말에 조원들이 박수를 쳤다.

특히 서윤은 더욱 진심을 담아 박수를 쳤다.

천보와 황보수열의 비무는 서윤에게 정말로 많은 것을 가르쳐 주었다.

초식의 활용, 그리고 간결한 움직임, 공격과 방어의 절묘한 조화 등.

홀로 수련하며 생각해 보지 못한 경험의 부족을 일정 부분 메울 수 있는 소중한 시간이었다.

그런 경험을 했는데 어찌 진심으로 박수를 치지 않을 수 있으랴.

박수를 치며 서윤은 의협대에서의 생활이 자신에게 큰 전환점이 될 것이라 확신할 수 있었다.

조장으로 결정되어 간단하게 즉위식을 마친 세 사람은 조원들이 있는 곳으로 발걸음을 옮겼다.

그런데 황보수열이 옮기던 발걸음을 멈추고 손을 들었다.

"무슨 일인가?"

"한 가지 부탁을 드려도 되겠습니까?"

"말해보도록."

"조장이라면 조원에 대해서 어느 정도는 파악하고 있어야 한다고 생각합니다."

"그건 당연한 것이다."

"다른 조원들은 어느 정도 알고 있지만 단 한 명에 대해서는 아는 것이 이름과 나이밖에 없습니다."

모용건은 황보수열이 말하는 조원이 서윤이라는 것을 바로 알아차렸다. 그에 슬쩍 서윤을 한번 쳐다보고는 입을 열었다.

"그래서?"

"실력을 보고 싶습니다."

"실력이라……. 어떻게 했으면 좋겠나?"

모용건의 물음에 황보수열이 미소를 지으며 말했다.

"당연한 것 아니겠습니까? 비무입니다."

9장

동료(同僚)

風神徐閣
풍신서윤

　황보수열이 자신의 이야기를 꺼낼 때부터 내심 불길하던 서
윤은 결국 그의 입에서 비무라는 단어가 나오자 망연자실한
표정을 지었다.

　어떻게 해야 할까.

　모든 실력을 다 드러내야 하는 것일까, 아니면 어느 정도 숨
기는 게 맞는 것일까.

　서윤은 혹여 황보수열이 자신과 붙어보자고 할까 봐 걱정
되었다.

　천보와의 비무에서 보인 황보수열의 실력은 아무리 자신이
라 하여도 실력을 감춘 채 일부러 져 줄 수 있는 수준이 아니

었다.

그렇다면 모든 것을 다 드러내야 한다는 뜻.

난감하기 그지없었다.

"비무?"

"예, 비무입니다."

"천보와 자네는 이미 한차례 비무를 치른 상태라 지쳐 있는 상황일 텐데."

모용건의 말에 황보수열의 눈이 순간 빛났다.

천보와 자신을 거론함으로써 서윤의 실력이 자신들과 견줄 정도라는 걸 간접적으로 드러낸 것이나 다름없기 때문이다.

하지만 이는 반만 맞고 반은 틀린 짐작이었다.

모용건도 서윤의 실력이 어느 정도인지 정확하게 모르고 있었다. 직접 보지 않아도 실력을 가늠할 수 있는 방법은 여러 가지가 있다.

가장 쉬운 방법은 관자놀이 부근의 태양혈을 보는 것이다. 흔히 내력을 쌓은 자들은 태양혈이 불룩하게 튀어나와 있게 마련이다.

하지만 서윤의 태양혈은 그렇지 않았다.

무공을 익히지 않은 것이 아니라면 그만큼 자신의 내력을 갈무리할 수 있는 실력이라는 뜻.

그것은 서윤의 기도에서도 알 수 있었다.

보통은 은연중에 몸 밖으로 기운이 흘러나오게 마련이건만 서윤에게서는 그런 것이 거의 느껴지지 않았다.

그렇다 보니 모용건도 서윤의 실력이 어느 정도인지 정확하게 파악할 수가 없었다.

그럼에도 황보수열과 천보를 언급한 것은 둘 중 한 명은 되어야 서윤의 실력을 어느 정도 파악할 수 있을 것이라 생각했기 때문이다.

'권왕의 진전을 이었으니 결코 여기 있는 사람들보다 아래는 아닐 것이다.'

모용건은 그렇게 짐작하고 있었다.

"시간은 많다. 실력이야 시간을 두고 차차 알아가면 될 터, 그러니 오늘은 이만 넘어가도록."

"알겠습니다."

황보수열이 곧바로 수긍하며 자리로 돌아갔다.

위기 아닌 위기를 모면한 서윤은 작게 안도의 한숨을 내쉬며 황보수열의 뒷모습을 바라보았다.

조장이 선출된 후엔 온전히 조원들끼리의 시간이었다. 서로 힘을 합치고 마음을 맞춰야 하는 만큼 빨리 서로를 파악하고 친해지는 시간이 필요했다.

그런 면에 있어서 황보수열은 탁월한 능력이 있었다.

많은 말을 하지 않고도 조원들을 휘어잡는 분위기를 지니고 있었다.

다른 조원들끼리는 어느 정도 안면도 있고 이름 정도는 알고 지내는 터라 쉽게 친해지고 농을 주고받으며 금세 화기애애한 분위기를 만들었다.

하지만 서윤은 나머지 아홉 명의 이름을 외우는 것만으로도 머리가 아플 지경이다.

"서윤 형님은 어디 출신입니까?"

속으로 조원들의 이름을 되뇌며 열심히 외우고 있던 서윤에게 누군가가 물어왔다.

'이름이… 단목성(段木晟)이던가?'

서윤이 자신에게 질문을 던진 이를 보며 이름을 떠올렸다.

단목성은 강소성(江蘇省)에서 이름난 가문인 단목가의 자제로 단목가 내에서도 권을 익힌 몇 안 되는 청년이었다.

서윤보다는 두 살 어리고 소옥보다는 한 살 위다.

하지만 나이보다 더 어려 보이는 앳된 외모와 작은 몸집을 가지고 있었다.

"이 마을 출신입니다."

서윤의 대답에 모두가 호기심 어린 시선으로 바라보았다.

"이 마을 출신이라는 건 여기서 나고 자랐단 말입니까?"

"그렇습니다."

"제가 어리니 말씀 편히 하셔도 됩니다."

단목성의 말에 서윤이 어색한 미소를 지었다. 서윤이 조금 난감해하자 황보수열이 나섰다.

"그건 차차 하기로 하고."

"예."

황보수열의 말에 단목성이 곧바로 대답했다.

"이 마을에서 나고… 열 살까지 살았습니다."

"그럼 다른 마을로 이주?"

단목성의 질문에 서윤이 고개를 저었다. 그러고는 부모님 이야기를 해야 하나 말아야 하나 잠시 고민했다.

"무슨 사연이 있는 모양이오?"

황보수열의 물음에 서윤이 고개를 끄덕였다. 그러자 황보수 열도 알겠다는 듯 고개를 끄덕이며 말했다.

"하기 힘든 이야기면 하지 않아도 되오."

황보수열의 배려에 고마움을 느낀 서윤은 미소와 함께 입을 열었다.

"워낙 오래전 일이니 굳이 힘들 것도 없습니다. 마을에 도적 떼가 들이닥친 적이 있습니다."

"아……."

단목성은 눈치가 빨랐다. 작은 탄성과 함께 알았다는 듯 고개를 끄덕였다.

"그때 할아버지, 아니, 스승님 덕분에 목숨을 건졌고, 다른 곳에서 무공을 배웠습니다. 그러다가 스승님도 돌아가시고 얼 마 전 이 마을로 다시 돌아왔습니다."

서윤의 대답에 분위기가 숙연해졌다.

가족도 잃고 스승도 잃었다. 소중한 사람을 잃는 아픔을 두 번이나 겪은 서윤에게 측은한 마음이 든 것이다.

"따로 사문은 없는 것입니까?"

"사문이라고 할 것은 없습니다. 스승님과 둘이 살며 무공을 배웠으니."

서윤의 대답에 황보수열이 고개를 끄덕였다.

무공은 사문이나 가문에서만 배울 수 있는 것이 아니었다.

일인전승(一人傳承)으로 이어지는 무공도 수없이 많은 곳이 바로 중원이다.

물론 일인전승으로 이어지는 대다수의 무공은 중원에서 크게 이름을 알리지 못했다. 하지만 그렇다고 해서 꼭 그런 것만도 아니었다.

무림이왕이라는 권왕과 검왕 역시 문파를 세우거나 일가를 이룬 것이 아니지 않은가?

'가만.'

거기까지 생각이 미치자 황보수열은 불현듯 떠오르는 무언가가 있었다.

하지만 확신할 수 있는 건 아무것도 없었다.

"실례가 되지 않는다면 스승님의 존함을 물어도 되겠습니까?"

황보수열의 질문에 서윤은 난감한 표정을 지었다.

신도장천의 이름을 모르는 사람이 있을 리가 없다. 그렇다면 자신이 권왕의 제자라는 것이 밝혀질 텐데 서윤은 그런 상황이 부담스러웠다.

나중에 어떤 계기로 인해 자연스럽게 알게 되면 모를까, 아직은 나서서 밝히고 싶은 생각이 없었다.

"말씀드려도 모르실 겁니다."

서윤은 대답을 피했다. 그에 황보수열은 다른 질문을 할 듯하다가 이내 입을 다물었다.

'시간은 많으니까.'

황보수열이 모용건이 한 말을 곱씹으며 작게 고개를 끄덕였다.

그렇게 조원들과 제대로 대화를 나눈 첫날이 지나가고 있었다.

밤늦은 시각.

모두가 잠들어 있는 그 시간에 서윤은 몸을 일으켰다. 가볍게 기지개를 켠 서윤은 조용히 방을 나서 장원 뒤쪽의 공터로 향했다.

연무장으로 갈까 하다가 혹시라도 누군가의 눈에 띄지 않을까 하여 뒤쪽 공터를 택한 것이다.

"흐읍!"

공터에 도착한 서윤은 선선한 공기를 크게 들이마셨다. 아직 덜 깬 잠이 물러나는 것 같다.

미소를 지은 서윤은 공터 한가운데로 걸어갔다.

그리고 잠시 눈을 감고 오전에 본 비무를 떠올렸다.

세 번의 비무 모두 강한 인상을 주었기에 지금 이 순간에도 뇌리에 선명하게 그려졌다.

'괜히 이것저것 다 받아들일 생각은 말자. 필요한 것만, 도움이 되는 것만 추려내는 거다.'

그렇게 생각한 서윤은 몇 번이고 세 차례의 비무를 머릿속에 그려보았다. 그러면서 취할 것과 버릴 것을 걸러내기 시작했다.

그들의 움직임을 머릿속으로 그리며 서윤은 발동을 걸었다.

쾌풍보를 펼치며 주먹을 뻗는다.

무공을 발전시켜 나가는 단계.

그 어느 문파와 가문의 무공도 완성된 것이 아니다.

무공을 전승한 이들에 의해 끊임없이 발전되고 성장해 나간다.

서윤의 무공도 마찬가지였다.

신도장천에게 배운 것은 무공의 완성형이 아니었다. 그것을 끊임없이 발전시키고 성장시켜 나가는 것은 서윤의 몫.

신도장천이 말한 풍신으로 향하는 시작점이다.

사뭇 진지한 서윤의 표정에 발전을 위한 의지가 고스란히 묻어나고 있다.

정식으로 조가 편성된 다음 날.

본격적인 훈련이 시작되었다.

개인의 무공을 연련하는 수련과 달리 훈련은 조원들이 함께하는 연수합격을 기본으로 했다.

강한 적을 맞아 여럿이 함께 상대해야 할 경우 꼭 필요한 것이 조원 간의 호흡이다.

누군가가 공격을 하고 생기는 빈틈을 다른 조원이 메워준다.

공방의 틈을 메워 상대를 몰아치고 무위로 돌리는 것, 그것이 연수합격의 목적이다.

여럿이서 호흡을 맞추는 수련을 해본 적이 없는 서윤으로서는 오늘부터 시작되는 훈련에 굉장히 큰 기대를 가지고 있었다.

어떤 것이고 어떻게 진행되는 것일까.

서윤에게는 말 그대로 신세계였다.

조원들이 모두 모이자 의협대원들보다 하루 늦게 도착한 무공 교두들이 나타났다.

"오늘부터 배울 것은 풍화절영진(風化切靈陣)이다. 권을 쓰는 자들이 사용하는 합격진으로 무엇보다 속도와 호흡, 그리고 균형이 중요하다. 다들 이전에 있던 부대에서 어느 정도 경험이 있을 테니 잘 따라와 주길 바라며 처음 접하는 사람들은 동료들의 도움을 받아 하루빨리 익숙해지길 바란다."

"예!"

교두의 말에 조원들이 큰 목소리로 대답했다.

풍화절영진이라는 이름을 듣게 되자 서윤의 기대감은 더욱 커졌다. '풍'이라는 글자 때문이다.

풍령신공, 풍절비룡권, 쾌풍보.

거기에 자신이 궁극적으로 목표하고 있는 것이 풍신이 아닌가.

'어떤 것일까?'

전날 밤 조장들의 비무를 떠올리며 수련한 효과는 제법 컸다.

단 한 번의 수련이었지만 무공에 대한 이해도를 높이고 생각을 달리할 수 있는 소중한 기회가 되었다.

굳이 풍이라는 글자에 집중하지 않더라도 합격진 훈련 역시 그에게 도움이 되리라 믿고 있다.

"기본적으로 풍화절영진은 상대를 포위한 상태에서 시작한다! 하지만 그렇지 않다 하더라도 어느 방위에서든 상대를 압박하는 것을 목표로 한다!"

교두가 풍화절영진의 진형과 원리를 설명하기 시작했다.

서윤은 그 내용을 하나도 빠뜨리지 않으려는 듯 집중하여 들었다.

"빠르게 진형을 구축하는 것이 중요하다! 실전에서는 진형을 짤 때까지 적이 기다려 주지 않는다! 약속된 움직임에 따라 각자가 맡은 자리로 움직이는 것을 우선적으로 훈련한다!

알겠나?"

"예!"

교두의 목소리가 올라가자 조원들 역시 조금 전보다 더 큰 목소리로 대답했다.

"조장은 진형에 맞게 조원들을 배치하고 보고하도록!"

"예!"

크게 대답한 황보수열이 조원들을 모았다.

서윤을 제외한 나머지 조원들의 무공에 대해서는 그 특성을 어느 정도 파악하고 있는 황보수열은 빠르게 조원들을 배치해 나갔다.

마지막으로 그의 시선이 서윤에게 머물렀다.

남은 자리도 한 자리.

후방에서 주로 다른 조원들의 빈틈을 메워주는 역할이다.

빈틈을 파고드는 적의 공격을 방어하고 필요에 따라서는 부족한 공격력에 힘을 보태야 하는 중요한 자리였다.

실력을 정확하게 알지 못하는 상태에서 서윤을 그 자리에 배치한 것은 황보수열로서는 모험이다.

하지만 모용건이 한 말을 떠올리며 서윤을 자신이나 천보와 비슷한 수준으로 생각하고 배치했다.

"이 자리는 중요한 자리다. 가능하겠나?"

황보수열이 조장으로서 말을 놓고 서윤에게 물었다. 서윤은 그에 거부감 없이 대답했다.

"해보겠습니다."

"어차피 배치는 상황에 따라, 적에 따라, 그리고 조원 구성에 따라 수시로 바뀔 수 있으니 우선 해봐."

"네."

서윤이 대답하자 고개를 끄덕인 황보수열이 뒤이어 동선을 설명했다.

"선봉 공격조에 속하는 사람들은 빠르게 사방위를 점한다. 움직이는 방향은 우리가 바라보는 정면을 무조건 북으로 놓는다. 북과 동을 점하는 자들은 우측으로 이동, 서쪽을 점하는 사람은 좌측으로 이동이다. 거기에 보조 역할을 하는 자들 역시 마찬가지다. 그리고 나와 서윤은 후방에서 수시로 진주변을 돌며 공방 지원을 맡는다. 중요한 것은 서로 겹치지 않게 하는 것이다. 우왕좌왕하는 모습을 보여서는 안 돼."

황보수열의 설명에 조원 모두가 고개를 끄덕였다. 배치된 자리는 조금씩 다르겠지만 대부분이 풍화절영진을 경험해 본 터라 동선에 대한 이해는 빨랐다.

경험이 없는 서윤의 경우 실력이 있다는 가정하에 동선이 가장 간단한 위치에 배치한 것이다.

배치와 동선 설명이 모두 끝나고 황보수열이 교두에게 결정된 것을 전달했다.

그의 설명을 모두 들은 교두가 서윤을 바라보았다.

'권왕 선배님의 제자라 했던가.'

교두 역시 미리 모용건으로부터 서윤의 정체에 대해 들은 상태였다.

정확한 실력은 알 수 없지만 어쩌면 서윤에게 이런 합격진은 필요 없을지도 모르는 일이다.

하지만 무림맹에 몸담고 의협대의 대원으로 있는 동안에는 반드시 익혀야 했다.

'궁금하군, 어떨지.'

그렇게 생각한 그가 입을 열었다.

"좋다. 배치한 대로 개진 훈련을 시작하겠다. 중앙에 가상의 적이 있다 생각하고 시작하도록. 통솔은 조장이 한다!"

"예!"

짧게 대답한 황보수열이 조원들을 한번 둘러보고 외쳤다.

"개진(開陣)!"

황보수열의 개진 명령에 조원들이 일사불란하게 움직이기 시작했다.

서윤 역시 집중하고 조원들의 움직임을 시선으로 좇으며 정해진 자신의 자리로 움직였다.

나쁘지는 않았지만 호흡이 딱 들어맞지는 않았다.

함께 호흡을 맞춰보는 것이 처음인 만큼 처음부터 잘될 수는 없는 노릇.

그러자 교두가 곧장 소리쳤다.

"누구는 빠르고 누구는 느리다! 나 혼자만의 움직임만 생각하지 말고 동료들의 움직임을 생각해라! 합격진은 개진 자체만으로도 적에게 압박을 줄 수 있어야 한다! 개진할 때 빈틈을 보이면 전부 끝이야!"

교두의 지적에 황보수열이 조원들을 다시 모았다. 그러고는 다시 한 번 명령을 내렸다.

"개진!"

다시 한 번 조원들이 움직였다. 이번에는 서로가 서로를 너무 의식하는 바람에 도리어 호흡이 맞질 않았다.

'쉽지 않네.'

서윤이 고개를 저었다.

동선이 가장 간단함에도 동료들의 움직임에 맞춰 자리를 찾아가려니 쉽지 않았다.

"빈틈을 생각해라, 빈틈을! 합격진은 빈틈을 보이지 않아야 한다! 단순히 위치만 찾아가는 것이 아니라 개진부터 빈틈을 보이지 않는 것이 중요하다! 자신의 역할을 생각해!"

교두의 목소리가 다시 한 번 터졌다.

그렇게 조원들은 개진 연습만 수차례 반복했다. 그러면서 조금씩 조원들 간의 호흡이 맞아떨어지는 것을 느꼈다.

서윤은 계속해서 교두가 말한 빈틈과 역할을 떠올리며 움직였다.

비록 서윤이 메울 수 있는 빈틈에는 한계가 있었지만 개진하기 위해 움직이는 동안에도 동료들의 빈틈을 메우는 데 집중했다.

'생각보다 이해가 빠르군.'

서윤의 움직임을 보며 교두가 속으로 중얼거렸다. 그러면서도 당연한 것이라 생각했다.

권왕의 무공은 신공이자 신기이다.

어떤 연유에서든 신도장천이 서윤을 받아들이고 무공을 가르쳤다면 범상치 않은 재목임이 분명했다.

그런 상승의 무학은 이해와 깨달음이 더욱 중요한 법.

서윤이 권왕의 무공을 어느 정도 경지까지 익혔다면 이런 합격진에 대한 이해 역시 빠른 것이 당연한 일이었다.

'기대해 볼 만하겠어.'

그렇게 생각하며 개진 연습을 하는 조원들을 바라보다가 다시 한 번 입을 열었다.

"좌우 균형이 안 맞는다! 적에게 돌파구를 내어줄 셈이냐!"

그렇게 조원들은 땀을 뻘뻘 흘리며 하루 종일 개진 연습에 매달렸다.

그리고 반복되는 훈련을 통해 조금씩 합격진에 대한 이해를 높여가는 서윤이다.

열흘이 지났다.

금방 끝날 것 같던 개진 훈련은 무려 열흘이 걸렸다. 큰 틀에서의 움직임은 나무랄 데가 없었지만 미묘한 부분에서의 움직임은 부족한 부분이 많았다.

훈련을 시작하고 엿새째 되는 날.

딱 한 번 조원들의 호흡이 딱 맞아떨어진 적이 있었다. 물론 그것은 조원들의 실력이라기보다는 운이 좋아 얼떨결에 맞은 것이다.

하지만 그 한 번에 서윤은 놀라운 경험을 했다.

개진이 딱 들어맞는 순간, 그 안으로 엄청난 압력과 기운이 뭉쳐지는 것을 느꼈기 때문이다.

본격적으로 개진을 하고 힘을 뿜어낸 것이 아님에도 서로의 몸에서 나온 기운이 한곳에 모이며 가공할 압력을 만들어 낸 것이다.

'이것이 합격진!'

그때부터 서윤은 더욱 신이 났다.

본격적으로 풍화절영진이 위력을 발휘하면 어떨지 궁금했다.

그러기 위해서는 하루라도 빨리 개진 훈련을 끝내야만 했다. 하지만 그 뒤로 나흘이나 더 개진 훈련을 하고 오후 시간이 다 지나가서야 끝이 났다.

"수고했다. 개진 훈련은 이것으로 끝이다. 내일부터는 본격적으로 발진(發陣) 훈련을 시작하겠다. 오늘은 모두 들어가 쉬도록."

"예!"

교두의 말에 모두가 기쁜 마음으로 연무장을 나섰다. 몇몇은 환호성을 지르기도 했다.

그들이 기뻐하는 데에는 또 다른 이유가 있었다.

그들보다 하루 먼저 개진 훈련을 끝낸 기념으로 이조가 그날 저녁 외출 허락을 받은 것이다. 이는 삼조 역시 마찬가지였다.

젊은 혈기로 들끓는 청년들이 장원에 갇혀 훈련만 했으니 얼마나 밖이 그립겠는가.

비록 작은 마을이라 볼 것이 많은 것은 아니지만 그래도 바깥 공기를 쐬며 고된 훈련을 마친 기념으로 마시는 한잔 술에 설렐 수 있는 것이 젊음이다.

서둘러 땀범벅이 된 몸을 씻고 정복을 입은 조원들이 한자리에 모였다.

그리고 기대에 찬 눈빛으로 모두가 서윤을 바라보았다. 평소 조용한 천보마저도 같은 눈빛이다.

다른 조와 달리 삼조원은 어디를 가야 하나 고민할 필요가 없었다.

이 마을 토박이인 서윤이 있기 때문이다.

조원들의 시선에 서윤은 당황하면서도 그들을 이끌고 장원을 나섰다.

그리고 향한 곳은 바로 우인의 가게였다.

이 마을에서 파는 음식 중 우인의 가게에서 파는 교자만큼 맛있는 것이 없다는 게 서윤의 생각이다.

게다가 못 본 지 오래된 우인과 소옥이 보고 싶은 마음도 컸다.

장원을 떠나 마을 시전으로 발걸음을 옮기는 조원들의 얼굴은 잔뜩 상기되어 있었다.

더 큰 도시도 봤을 텐데 조원들은 연신 주변을 두리번거리며 구경하기 바빴다. 큰 도시에서 주로 생활하는 그들에게 이처럼 작은 마을은 오히려 신기한 세상이었다.

"우인아! 옥아!"

서윤이 조원들을 데리고 우인의 가게에 들어가며 소리쳤다. 낯익은 목소리에 허겁지겁 달려 나온 우인과 소옥은 서윤을 보고 무척 반가워했다.

"윤아! 이야! 이게 얼마 만이야! 얼굴이 새까맣게 탔는데?"

우인의 말대로 서윤은 예전에 비해 검게 그을려 있었다. 낮 시간에 햇볕을 받으며 훈련만 했으니 어쩔 수 없는 노릇이다.

"잘 지냈어?"

"우리야 잘 지냈지! 하하! 옷이 아주 그냥 잘 어울리는구만? 진작 좀 제대로 걸쳐 입고 다녔으면 동네 처녀들이 난리 났겠다! 하하!"

우인이 서윤을 보고 웃었다. 그 옆에서 소옥은 달라진 서윤의 모습을 넋이 나간 듯 바라보고 있다.

"아, 우리 조원들이야. 외출 받아서 나왔다. 자리 좀. 먹을 건 최대한 맛있게 알아서 준비해 주고."

"그래그래. 옥아, 자리 좀 안내해 드려. 나는 주방에 들어가서 아버지 좀 도와드려야겠다."

"알았어. 이쪽으로 오세요."

소옥이 조원들을 안내했다.

크고 멋진 음식점은 아니었지만 어딘지 소박한 정을 느낄 수 있는 가게에 다들 만족한 표정이다.

"제 친구가 하는 가게입니다. 여기 교자도 맛있고 다른 음식들도 맛있으니 기대하셔도 됩니다."

자신있어하는 서윤의 말에 조원들의 기대가 더 올라갔다.

음식이 나오기를 기다리는데 서윤의 옆에 앉은 단목성이 서윤에게 슬쩍 물었다.

"형님, 그런데 저분은 누굽니까?"

단목성이 소옥을 슬쩍 쳐다보며 물었다.

"누구긴, 내 친구 동생이지."

서윤은 어느새 단목성에게 말을 놓고 있었다. 처음에는 어색해 말을 놓는 것이 쉽지 않았으나 함께 훈련하고 고생하며 지금은 많이 친해진 상태였다.

"친합니까?"

"친하지. 왜?"

"예뻐서요. 보니까 형님 좋아하는 것 같은데."

단목성의 말에 다른 조원들도 흥미진진한 표정으로 서윤을 바라보았다. 몇몇은 부럽다는 시선을 보내기도 했다.

"그냥 친구 동생이라니까."

"친구 동생은 뭐 연인 되지 말라는 법 있습니까? 제가 장담하는데요, 저 정도 미모 찾기가 생각보다 쉽지 않아요. 안 그렇습니까, 조장?"

단목성의 질문에 황보수열이 고개를 끄덕이며 말했다.

"그렇고말고. 암, 그렇지."

황보수열이 너스레를 떨며 말했다. 조장으로서의 임무를 수행할 때에는 더없이 무게감 있는 모습을 보이는 그였지만 이런 자리에서는 분위기를 맞출 줄 아는 그였다.

"그런 거 아니래도 그러네."

"이상하네. 형님 눈이 너무 높은 거 아닙니까?"

단목성의 말에 몇몇이 동의한다는 듯 고개를 끄덕였다.

"눈이 높긴."

"아니, 그렇지 않고서야 저런 미인을… 그것도 본인한테 연정 품은 게 확실해 보이는 저런 미인을 그냥 놔둔단 말입니까? 다른 사람이 채 갈지도 모르는데? 혹시?"

단목성이 의심의 눈초리로 서윤을 바라보았다. 그러자 서윤도 '뭐?' 하는 시선으로 그를 마주 보았다.

"서윤 시주의 마음에 다른 분이 있을지도 모르지요."

그때 조용히 앉아 있던 천보가 말했다. 소림에서 수양하는 스님과 남녀 관계는 어울리지 않는 터라 모두가 의외라는 표정으로 바라보았다.

"소림에서 수양하시는 분도 그런 쪽에 관심이 있습니까?"

이번에도 단목성이다. 그러자 천보가 표정의 변화 없이 입을 열었다.

"스님도 사람입니다. 다만 수양을 통해 잡념을 떨치려 노력할 뿐이지요."

"오호~!"

단목성이 새로운 사실을 알았다는 듯 짧게 감탄을 터뜨렸다. 그러고는 다시 시선을 서윤에게로 옮기며 물었다.

"그래서, 누굽니까? 마음에 두고 있는 사람이 누구예요?"

"마음에 두긴 누굴 둬? 없어."

철벽같은 서윤의 대답에 단목성이 다시 물었다.

"형님, 연애해 본 적은 있습니까?"

"없는데?"

"예에?!"

"진짜로?"

"와!"

"나무아미타불 관세음보살."

지금까지 연애 한번 못 해봤다는 서윤의 대답에 놀라움과 안타까움이 담긴 장탄식이 터져 나왔다. 심지어 천보는 염불까지 외우고 있다.

"천보 스님 말고 형님 몸에서 사리 나오는 거 아닌지 모르겠습니다. 어떻게 이 나이까지 연애도 못 해보고……."

단목성의 말에 서윤이 어딘지 모르게 쓸쓸한 미소를 짓고 있을 때 우인과 소옥이 음식을 가지고 나오기 시작했다.

제법 정성을 들인 듯 굉장히 먹음직스러워 보이는 음식이 줄줄이 나왔다.

"여기 이건 스님을 위해서 고기 종류는 다 뺀 음식입니다. 입에 맞을지 모르겠네요."

"아미타불. 감사합니다."

우인이 천보를 위해 준비한 음식을 내려놓으며 말했다. 그러자 천보가 합장하며 감사 표시를 했다.

"어제 다른 조원들 외출 나왔는데, 여기 안 왔어?"

"어제? 아니, 어제는 안 왔는데?"

"그래?"

"어. 야, 들어가면 입소문 좀 내주라. 친구 덕 좀 보자."

우인의 말에 서윤이 미소를 지으며 고개를 끄덕였다. 그사이 얼른 교자부터 하나 집어 먹은 단목성이 눈을 크게 뜨며 말했다.

"우왓! 이거 정말 맛있는데요?"

"그래?"

단목성의 말에 황보수열을 시작으로 조원들이 저마다 음식을 먹기 시작했다.

과연 단목성처럼 다들 음식 맛에 만족하는 모습이다.

"굳이 내가 소문 안 내도 되겠다."

서윤이 미소를 지으며 우인에게 말했다.

잠시 후 서윤과 조원들은 술도 함께 나눠 마시며 웃고 떠들어대며 시간을 보냈다.

그 모습을 먼발치에서 바라보는 우인은 흐뭇하면서도 어딘지 쓸쓸한 마음이 들었다.

얼마 전까지만 해도 서윤이 친한 친구였는데 이제는 전혀 다른 세상 사람이 되어 있는 것 같았기 때문이다.

그렇게 서윤과 조원들의 첫 외출은 시간 가는 줄 모르고 지나가고 있었다.

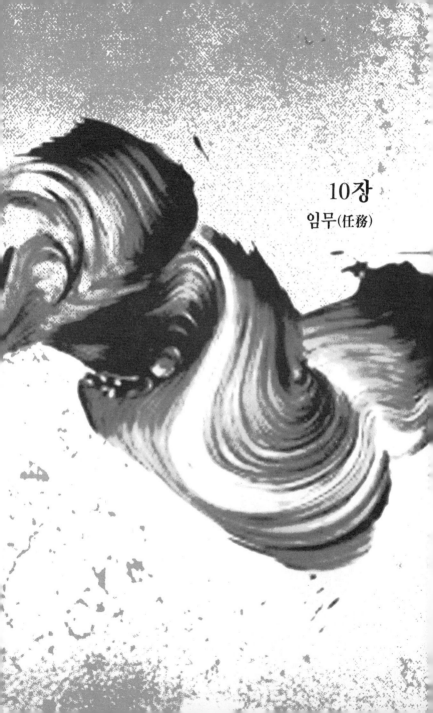

10장

임무(任務)

風神徐門

풍신서윤

설시연은 설군우의 부름에 집무실로 발걸음을 옮겼다.

집무실에 도착하자 굳은 표정의 설군우뿐만이 아니라 설궁도까지 앉아 있다.

심상치 않은 두 사람의 분위기에 설시연도 덩달아 긴장했다.

"앉거라."

설군우의 말에 설시연이 설궁도의 옆자리에 앉았다.

"무슨 일 있으세요? 아버지도 그렇고 오라버니도 표정이 안 좋으세요."

"무슨 일이 있는 건 아니다. 다만 네게 부탁하고 싶은 것이 있어서 그렇단다."

"부탁이요?"

"그래."

설군우가 차마 부탁할 일이 무엇인지 말하지 못하자 설궁도가 나섰다.

"너도 들어본 적이 있을 거야. 최근 표국이나 상단들이 곤란한 상황이라는 걸."

설궁도의 말에 설시연이 고개를 끄덕였다.

비록 상단 일을 하고 있지는 않으나 어느 정도 소식은 들어 알고 있는 그녀였다.

"최근 표행이나 상행을 노리는 자들이 늘어났다. 처음에는 그저 산적들의 소행이라 생각했는데 그것이 아니었어. 여러 가지를 분석해 본 결과 녹림맹의 소행이 아닌가 싶다."

"녹림맹이요? 녹림맹은 해체된 지 오래되지 않았나요?"

설시연의 말처럼 과거 중원의 거대 세력이던 녹림맹은 내부 분열로 인해 해체된 지 오래됐다. 그 후 제법 시간이 흘렀으나 아직까지 녹림맹의 부활 소식은 들리지 않고 있었다.

하지만 실제로 표국이나 상단들이 습격을 받는 일이 늘어났고, 제법 피해가 커 거래가 끊기는 일도 발생하고 있었다.

그 정도 피해라면 결코 일반 산적이 벌인 일이라고는 생각할 수 없었다.

"무림맹에서도 서신이 왔더구나. 상계 전체에 뿌린 모양이야. 정확한 것은 더 조사해 봐야 알겠지만 평범한 산적들의 소행은 아닌 것 같다고. 아직까지 우리 상단이 피해를 본 일은 없지만 조심해서 나쁠 건 없다는 생각이다."

"제게 부탁하실 일이라는 게 뭔지 알겠어요. 상행에 동참해 달라는 말씀이시죠?"

"그래."

설군우가 어렵게 입을 뗐다.

평소의 상행이라면 부탁하는 게 어려울 리 없다. 아니, 굳이 그녀까지 나서지 않아도 상행에 어려움이 없었다.

대륙상단은 다수의 일류급 무인들을 보유하고 있었다.

그렇다는 이야기는 어딜 가든 위험할 일이 지극히 적은 수준이라는 뜻이다.

작정하고 대륙상단이 상계를 떠나 무림에 뛰어든다면 단박에 중급 이상의 문파로 거듭날 수 있을 정도이다.

설시연의 실력은 대륙상단 내에서도 수준급이다.

굳이 숫자를 세자면 그녀보다 강한 사람이 열 명도 채 되지 않았다.

그 정도 실력의 무인이 한 명 더 있고 없고의 차이는 생각보다 컸다.

그것이 딸을 사지로 보내는 것이나 마찬가지임에도 불구하고 설군우가 어렵게나마 설시연에게 부탁하는 이유였다.

"할게요."

설시연은 고민 없이 대답했다.

가족의 일이고 내 집의 일이다. 그런데 고민할 필요가 무엇이 있겠는가.

설시연이 흔쾌히 그러겠노라 대답하자 설군우의 표정이 조금은 밝아졌다. 하지만 마냥 좋아할 수도 없는 것이 그만큼 위험한 일이기 때문이다.

"고맙구나."

"고맙긴요. 다음 상행은 언제예요?"

"닷새 뒤 귀주성 귀양 지부에 전달할 것들이 좀 있단다. 사천성을 지나야 하기 때문에 위험은 덜할 거라고 생각되지만 그래도 혹시 몰라서 말이다."

"알겠어요. 그때까지 떠날 채비를 해둘게요."

그녀의 말에 걱정스런 표정으로 고개를 끄덕이는 설군우였다.

*　　　　*　　　　*

풍화절영진의 발진 훈련은 내력 없이 진행되었다.

적이 없는 상황에서 자칫 내력을 사용했다가는 불균형으로 인해 조원들이 다칠 수 있기 때문이었다.

따라서 일단은 내력 없이 서로의 호흡을 맞춰가는 데 중점을 두고 훈련이 시작된 것이다. 그러다가 어느 정도 호흡이 맞아가면 조금씩 내력 사용을 늘려가는 순으로 진행될 예정이다.

내력을 사용하지 않는다고는 하지만 진 안에서 느껴지는

압력은 상당했다.

무림인이 아니더라도 누구나 가지고 있는 기운이 있는데 그 기운이 한데 모이면 큰 위압감이나 압력을 느낄 수 있다.

일반인이 모여도 그러한데 무림인이라면 가지고 있는 기운도, 은연중 뿜어내는 기도 역시 일반인의 몇 배에 달할 것이다.

그런 사람 열 명이 모여 만든 합격진인데 어찌 압력이 느껴지지 않을 수 있겠는가.

당연히 상당한 압력이 발생했다.

그리고 그것을 온전히 받아들이는 사람이 바로 주공격을 맡은 선봉조였다.

발진 훈련이 처음 시작되었을 때에는 오랜 시간 진을 유지하는 것이 어려웠다.

내력을 사용하지 않는 상태에서 아무리 무림인이라 한들 그 압력을 오래 견뎌내는 것이 쉽지 않았기 때문이다.

하지만 하루 이틀 시간이 흐를수록 진을 유지하는 시간이 늘어갔다.

그러나 조원들끼리의 호흡은 쉽게 맞춰지지 않았다.

개진을 하는 데만 열흘이 걸렸다.

그런데 상대를 공격하고 방어하는 호흡을 맞추는 것이 어찌 더 쉬울 수 있겠는가.

비록 그간 서로가 많이 친해지고 많은 것을 알게 되었으나 그것과 이것은 또 다른 문제였다.

결국 방법은 시간을 들여 반복하는 수밖에 없었다.

발진 훈련을 시작한 지 한 달이 지났다.

서로 간의 호흡은 점차 맞아갔지만 가정하는 상황에 변화를 줄 때마다 삐걱거렸다.

마음먹은 대로 잘되지 않기 때문인지 조원들의 눈에 오기와 독기가 서리기 시작했다.

어떻게든 반드시 해내고야 말겠다는 마음가짐이 생긴 것이다.

"빨랐잖아!"

"거기서 너무 늦게 빠졌어!"

"옆 사람과 보조를 맞춰!"

"지원조! 실전에서 그렇게 하면 다 죽는다!"

교두의 지적이 쉴 새 없이 이어졌다. 그때마다 조원들은 대답도 하지 않고 오로지 서로의 움직임에 집중했다.

"그만!"

교두의 목소리에 모두가 그 자리에 털썩 주저앉았다.

연무장 바닥에는 조원들이 쓸고 지나간 흔적이 고스란히 드러나 있었는데 얼마나 움직였는지 돌로 채운 바닥이 조금씩 깎여 살짝 아래로 내려앉은 것 같은 착각이 들 정도이다.

연무장 곳곳에서 한숨 소리가 터져 나왔다.

서윤의 조뿐만 아니라 다른 조에서도 강도 높은 훈련이 계속되었기 때문이다.

대원들이 휴식을 취하고 있는 연무장으로 모용건이 다가왔다.

그러자 대원들이 힘든 몸을 이끌고 자리에서 일어나 도열하기 시작했다.

"다들 훈련하느라 고생이 많군."

"아닙니다!"

힘들었지만 목소리만큼은 우렁찼다. 내력을 사용하지 않는 훈련 탓에 몸은 힘들었지만 그만큼 내력이 빠르게 지친 몸을 회복시키고 있었다.

"임무가 내려왔다."

모용건의 말에 대원들이 긴장한 표정을 지었다.

무림맹에 있으면서 간단한 임무를 경험해 보지 않은 사람들은 없었으나 이곳은 전선이었다.

지금까지 해온 임무보다 더 어렵고 위험한 일일 수 있었다.

긴장한 대원들의 표정을 한차례 슬쩍 쳐다본 모용건이 말을 이었다.

"최근 들어 표국과 상단을 공격하는 무리가 늘어났다. 이런 일이 지금까지 아예 없던 것은 아니지만 급격히 횟수도 늘어났고 피해도 크다. 그에 상계에서 공식적으로 무림맹에 도움 요청을 해온 상태이다."

간단할 수도 있는 임무. 하지만 긴장의 끈을 놓을 수는 없었다.

"훈련이 어느 정도 마무리된 다음에 임무가 떨어졌으면 좋았 겠지만 어쩔 수 없다. 물론 아무 일이 벌어지지 않았으면 하는 바람이지만 훈련으로 채우지 못한 부분은 실전을 통해 채운다."

"충!"

모용건의 말에 대원들이 크게 대답했다.

"먼저 일조는 나와 함께 도균(都勻)현에 있는 일영표국(日映 鏢局)으로 간다. 갈 길이 머니 내일 바로 출발할 수 있도록."

"충!"

"이조는 개양(開陽)현에 있는 광진표국(光進鏢局)으로 가고 삼조는 귀양에 있는 대륙상단으로 간다. 이조는 사흘 후, 삼 조는 나흘 후 출발한다."

"충!"

대원들의 대답에 모용건이 각 조의 조장들에게 말했다.

"자세한 이야기는 조장을 통해 전달할 테니 조장들은 곧바 로 나를 따라오도록. 내일 출발해야 하는 일조는 바로 채비를 하고 나머지 조는 출발 전까지 무리하지 말고 몸 관리 잘해놓 도록 하고. 알겠나?"

"충!"

"해산!"

해산 명령에 조장들은 모용건의 뒤를 따랐고, 조원들은 흩 어져 숙소로 발걸음을 옮겼다.

'대륙상단이라……. 숙부님과 형님, 누이는 잘 지내시려나?'

서윤은 숙소로 발걸음을 옮기며 설군우와 설궁도, 설시연을 떠올렸다.

그러고 보니 의협대에 들어온 후로 정신없이 지낸 탓에 소식도 전하지 못했다.

'이번에 가면 서찰이라도 하나 보내야겠군.'

그렇게 중얼거리며 서윤은 숙소로 들어섰다.

출발 전까지의 훈련은 고되지 않았다.

오전 한 시진과 오후 한 시진만 진행됐으며 그나마도 지금까지 해온 훈련을 간단하게 반복 숙달하는 수준이었다.

그러다 보니 개인적인 시간이 늘어났다.

서윤은 황보수열과 모용건으로부터 외출 허락을 받고 우인의 가게로 향했다.

장원을 벗어나 우인의 가게로 향하면서 서윤은 많이 달라진 마을의 모습에 놀랐다.

곳곳에 새로 지어진 건물들이 보였고 못 보던 사람도 많아졌다.

무림맹 의협대가 마을에 자리 잡은 이후 소문을 들은 장사치들이 마을에 들어와 정착하기 시작한 것이다. 게다가 기존의 상인들도 벌이 자체가 늘어나다 보니 가게 규모를 늘렸다.

그렇게 상권이 생기다 보니 일반 사람들도 마을에 들어와 정착을 하면서 저절로 마을이 커진 것이다.

'이것이 우인이 말한 경제 효과인가?'

서윤은 일전에 우인이 한 말을 떠올렸다. 그렇게 달라진 마을을 구경하며 걷는 사이 어느새 우인의 가게에 도착했다.

우인의 가게는 북새통이었다.

시간이 점심때인 이유도 있었고 기본적으로 맛이 좋다 보니 시간과 상관없이 사람들이 많이 찾게 된 것이다.

시끌벅적한 우인의 가게를 보며 서윤은 잠시 밖에서 기다렸다. 오래 기다려야 하는 음식이 아닌 만큼 조금 기다리면 금방 사람들이 빠질 것이라 생각했다.

서윤의 예상대로 일다경 정도의 시간이 지나자 사람들이 하나둘씩 나오기 시작하더니 제법 빈자리가 보일 정도가 되었다.

그제야 가게 안으로 들어간 서윤은 식탁을 치우는 데 여념이 없는 우인과 소옥을 바라보며 미소를 지었다.

"나 왔어."

"어, 왔냐?"

우인이 서윤을 반갑게 맞았다. 일이 늘어난 탓에 힘들어 보였지만 그래도 기분은 좋아 보였다.

"힘들지 않아? 사람 좀 구해 써야 되는 거 아냐?"

"안 그래도 요즘 그 생각이 간절하다. 앉아."

서윤이 방금 우인이 치운 식탁에 앉았다. 그러자 소옥이 얼른 그의 앞에 차를 내왔다.

"고마워. 옥이도 많이 힘들겠다. 살 빠진 것 같은데?"

"그래요?"

살 빠진 것 같다는 서윤의 말에 소옥이 기분이 좋아진 듯 웃으며 물었다. 그러자 금방 마지막 식탁을 치운 우인이 서윤의 앞에 앉으며 말했다.

"이야~ 연애 한번 못 해본 니가 그런 말도 할 줄 알아?"

"또 왜 그쪽으로 연결되는 거야?"

서윤이 툴툴거렸다. 그 모습이 재미있다는 듯 우인이 크게 웃었다.

"뭐 먹을 것 좀 줘?"

"아냐. 괜찮아. 할 말이 있어서 왔어."

"할 말?"

서윤의 말에 소옥도 우인의 옆에 앉았다.

"응. 임무가 떨어졌어. 귀양에 좀 갔다 와야 할 것 같다."

"혼자?"

"아니지. 우리 조원 다 같이. 다른 조원들은 다른 쪽으로 가고."

"뭐, 위험한 일은 아니지?"

"가봐야 알겠지만 별일 아닐 거야."

이미 황보수열로부터 이번 임무에 대해 들은 서윤이지만 괜히 우인과 소옥을 걱정시키고 싶지 않아 자세히 모르는 척 대답했다.

"그래? 후, 한동안 마을이 텅텅 비겠구만."

"텅텅 비긴. 우리 조도 그렇고 다른 조도 장원 안에서 죽어라 훈련만 받느라 밖에 잘 나오지도 않는구만."

"그래도. 거기에라도 있는 거랑 없는 거랑 기분이 달라요, 기분이."

우인의 말에 서윤이 미소를 지었다.

"언제 떠나요?"

"내일."

"내일? 바로 가네. 술 한잔도 못 하겠구만."

"다녀와서 한잔하자."

그렇게 말한 서윤이 자리에서 일어섰다.

"가려고? 좀 더 있다가 가지."

"외출도 무한정 나와 있을 수 있는 게 아니다. 오후에 또 훈련 있어. 들어가기 전에 집에 좀 들렀다가 가려고."

"아, 그래. 그럼 얼른 가봐. 고생하고."

"그래."

짧게 대화를 나눈 서윤은 우인의 가게를 나서서 집으로 향했다.

집에 도착한 서윤은 마당에 자란 잡초를 보며 혀를 내둘렀다. 처음 이곳으로 돌아왔을 때에도 잡초 때문에 집 문을 못 열 정도였는데 지금도 그때와 비슷했다.

일부 잡초는 서윤의 무릎 높이까지 자라 있다.

"다음번에 오면 싹 베어버려야겠네. 검술을 익힐 걸 그랬나, 그냥 한 번에 다 잘라 버리게."

그렇게 중얼거린 서윤은 겨우 문을 열고 집 안으로 들어갔다.

"어후! 먼지 봐라."

집 안에는 먼지가 잔뜩 쌓여 있었다. 천장과 벽이 만나는 모서리 곳곳에는 거미들이 집을 지어놓고 있다.

인상을 찌푸리며 집을 한차례 둘러본 서윤은 가만히 서 있었다.

사실 집에 온 건 무슨 특별한 이유가 있어서가 아니었다.

오래 비워두기도 했고 이번 임무를 받아 떠나면 또 언제 들를 수 있을지 알 수 없었기 때문이다.

"후……."

서윤이 작게 한숨을 쉬었다. 막상 돌아와 살 때에는 몰랐는데 떠나 있다 돌아오니 가슴 한편이 먹먹해지는 것 같다.

가만히 서 있던 서윤은 한쪽 의자에 가서 앉았다.

먼지가 잔뜩 쌓여 있지만 옷에 묻는 건 신경 쓰지 않았다.

서윤은 의자에 앉아 눈을 감고 옛 생각에 빠져들었다. 이제는 흐릿해진 부모님과의 생활, 그리고 다시 돌아와 홀로 지내던 때의 일 등.

미소를 짓기도 하고 슬픈 표정을 짓기도 하며 상념에 빠져 있던 서윤이 눈을 떴다.

그러고는 자리에서 일어나 아무렇게나 대충 옷을 털며 서윤이 중얼거렸다.

"언젠가 다시 돌아와 지낼 날이 있겠지."

다음 날, 서윤이 속한 조는 귀양으로 떠날 준비를 했다. 대부분이 전날 미리 채비를 해놓은 탓에 다시 한 번 모여 임무를 숙지하고 떠나면 그만이다.

황보수열로부터 이번 임무에 대해 다시 한 번 들을 때까지만 해도 서윤은 별다른 걱정이 없었다.

하지만 난감한 상황은 출발 직전에 찾아왔다.

"말 타고 가는 거야?"

서윤이 장원 밖에 묶여 있는 말들을 보며 말했다. 그러자 그 옆에 서 있던 단목성이 당연한 것 아니냐는 듯 말했다.

"그럼 보름은 가야 되는 거리를 걸어가요? 다른 조도 다 말 타고 갔잖아요."

그의 말에 서윤이 머리를 긁적였다.

서윤은 말을 타본 적이 없었다. 걷거나 뛰거나 마차를 탄 적밖에 없었다.

사실 대부분의 큰 문파나 가문에서는 어릴 때 기마술까지는 아니더라도 말 타는 법 정도는 가르치고 있었다.

그렇기 때문에 오랜만에 탄다 하더라도 금방 적응하고 불편함을 느끼지 않았다.

하지만 서윤은 아니었다.

어지간한 거리는 그냥 걷거나 뛰는 데 익숙한지라 말을 타고 어딘가를 간다는 생각은 한 번도 해본 적이 없었다.

이번에도 마찬가지였다.

귀양까지 가는데 말을 타고 갈 거라는 생각은 하지 못했다. 만약 그런 생각을 했다면 미리 얘기를 하고 출발 전까지 말 타는 법을 배워놓았을 것이다.

"하······."

서윤이 작게 한숨을 쉬었다.

이제 와서 말을 못 탄다고 할 수도 없는 노릇. 서윤은 먼저 말에 오르는 조원들의 모습을 유심히 지켜보았다.

쉽게 잘 오르는 조원들의 모습을 본 서윤은 자신의 말에게 다가갔다. 그러고는 본 대로 말 위에 올랐다.

조금 어설프긴 했지만 그래도 무리 없이 말에 오를 수 있었다.

'좋아, 자연스러웠어.'

내심 뿌듯해했지만 그것으로 끝이 아니었다. 앞으로 가는 건 어떻게 한단 말인가.

'어떡하지?'

서윤은 불안한 눈동자로 연신 주변 조원들을 살폈다. 말 위에 올라 고삐를 잡고 앉아 있는 모습이 편안해 보인다.

"자, 모두 출발한다!"

선두에 선 황보수열의 목소리에 조원들이 하나둘씩 출발하기 시작했다. 빠르게 조원들의 모습을 둘러본 서윤은 말의 배를 발로 가볍게 차 앞으로 나아갔다.

'하하! 되네! 쉽구만!'

속으로 그렇게 생각하던 서윤은 얼마 가지 않아 엉덩이에서 찾아오는 지독한 고통에 식은땀을 흘릴 수밖에 없었다.

*　　　　*　　　　*

다행스럽게도 섬서성 대륙상단을 출발해 귀주성 귀양 지부까지 오는 동안 별다른 일은 벌어지지 않았다.

설군우의 말처럼 섬서성에는 화산파와 종남파가, 사천에는 당가와 청성, 아미가 있다 보니 제아무리 녹림이라 하여도 선뜻 나서기는 쉽지 않을 듯했다.

하지만 진짜 상행은 귀양 지부에 도착한 후부터였다.

일단 귀주성에는 거대 문파가 없는 상황. 언제 어디서 위험이 닥칠지 알 수 없었다.

게다가 며칠 후 떠나야 할 광서성(廣西省) 역시 마찬가지였다.

그 때문에 이번 상행을 따라나선 대륙상단의 무인 중 긴장을 풀고 있는 사람은 한 명도 없었다.

"무림맹에서 호위를 해줄 거라는구나."

"무림맹에서요?"

"그래. 몇몇 상단과 표국이 무림맹에 정식으로 요청한 모양이야. 이참에 무림맹에서 직접 나서겠다는 거지. 게다가 만약 이런 시기에 정말로 녹림이 나서서 이런 일을 벌인 것이라면 가벼이 넘어갈 수 없는 사안이기도 하고."

설궁도의 말에 설시연이 고개를 끄덕였다.

"무림맹에서 나서준다니 좀 안심이 되네요."

"아무래도 그렇지. 뭐, 제일 좋은 건 이번 상행이 끝날 때까지 아무 일 없는 것이겠지만."

"오라버니, 너무 불안해하지 말아요. 자꾸 안 좋게 생각하다가 정말 그렇게 될지도 모르니."

"그래, 네 말이 맞다."

설시연의 말에 설궁도가 미소를 지어 보였다.

"소상주님, 무림맹 사람들이 왔다고 합니다."

"그래? 알았다. 곧바로 나가지."

귀양 지부의 지부장이 찾아와 무림맹 사람들의 도착을 알렸고, 설궁도와 설시연은 그들을 맞이하기 위해 밖으로 나갔다.

대륙상단 지부에 도착하자마자 서윤은 조원 중 가장 먼저 말에서 내렸다.

엉덩이가 아파 더 이상 말 위에 앉아 있을 수가 없었다.

"형님, 괜찮습니까?"

단목성이 재미있다는 듯 웃으며 서윤에게 물었다. 그러자 서윤이 잔뜩 인상을 찌푸린 채 한숨을 푹 내쉬었다.

"틈틈이 말 타는 연습 좀 해야겠어."

"진작 알았으면 좀 가르쳐 드리는 건데. 이번 임무 끝나면 제가 알려 드리죠."

단목성의 말에 서윤이 씁쓸한 미소를 지으며 고개를 끄덕였다.

말에서 내린 조원들이 함께 실은 짐을 내리고 있을 때 안에서 사람이 나왔다. 미리 와 있던 설궁도와 설시연을 비롯한 대륙상단 사람들이었다.

"먼 길 오시느라 고생 많으셨습니다. 제가 대륙상단의 소상주 설궁도입니다."

"만나서 반갑습니다. 무림맹 의협대 삼조장인 황보수열입니다."

황보수열이 설궁도와 인사를 나누었다.

연신 엉덩이를 어루만지며 짐을 내리던 서윤은 낯익은 목소리에 시선을 돌렸다.

그리고 때마침 조원들을 둘러보던 설궁도와 눈이 딱 마주쳤다.

"아우!"

서윤을 발견한 설궁도가 놀라움과 반가움을 담아 외쳤다. 그에 조원들의 시선이 모두 서윤에게 쏠렸다.

"하하하! 무림맹에서 지원 나온다고는 들었지만 아우가 속한 조일 줄이야! 하하! 이렇게 보니 더 반갑구만!"

설궁도가 서윤에게 성큼성큼 다가와 와락 껴안으며 말했다.

"저도 형님이 와 계실 줄은 몰랐습니다. 이번 상행에 직접 나서신 겁니까?"

"물론이지. 아, 연이도 함께 왔어."

설궁도가 한쪽을 가리키며 말했다. 그곳에는 설시연이 미소를 지으며 두 사람 쪽을 바라보고 서 있다.

서윤은 반가운 마음에 설시연에게 다가갔다.

"잘 지냈습니까?"

"잘 지냈죠. 이제 무림맹 사람 다 됐네요. 옷이 잘 어울리는데요?"

"아직 좀 어색합니다. 그런데 누이까지 어쩐 일로? 상행은 안 따라다니는 걸로 아는데."

"상황이 상황이라 아버지께서 부탁하셨어요."

"그렇군요."

살갑게 대화를 나누는 두 사람을 보며 단목성이 슬그머니 옆에 있는 조원에게 다가서며 말했다.

"형님 성이 서씨 아니었나? 설마 설씨인데 숨긴 건 아니겠지?"

"설마."

단목성의 말을 받은 이는 위지강(尉遲岡)으로 단목가와 같은 강소성에 있는 위지가의 자제다. 같은 지역에 나이도 같아 둘은 일찌감치 친분을 쌓고 있었다.

"정체를 알 수가 없네. 검왕의 손자, 손녀하고 친한 사이라니."

단목성이 중얼거렸다.

이 이야기를 모두 듣고 있던 황보수열은 설궁도, 설시연과 대화를 나누고 있는 서윤을 바라보았다.

'설마……'

황보수열은 지난번 서윤의 이야기를 들을 때부터 그의 정체에 대해 떠오르는 가설 하나가 있었다.

그리고 단목성의 이야기를 들으며 자신이 생각한 것이 맞을지도 모르겠다는 생각이 강하게 들었다.

"아, 내 정신 좀 보게. 아우 만난 반가움에 여러분을 이렇게 세워두고 있었습니다. 죄송합니다."

"아닙니다. 괜찮습니다."

설궁도의 사과에 황보수열이 얼른 웃으며 대답했다.

"자, 얼른 안으로 드십시오. 출발은 이틀 후이니 그전까지는 이곳에서 편히 지내시면 됩니다. 지부장, 이분들을 숙소로 안내하게."

"알겠습니다."

지부장이 설궁도에게 공손히 대답하고는 조원들을 안으로 안내했다.

"나중에 뵙겠습니다, 형님."

"그래. 얼른 들어가게."

서윤도 설궁도, 설시연과 인사를 나누고는 조원들과 함께 지부 안으로 발걸음을 옮겼다.

그러자 기회를 보고 있던 단목성이 잽싸게 다가와 물었다.

"형님, 저한테 해줄 얘기 없습니까?"

"뭘?"

"저분들이 누군지는 알죠?"

"왜 몰라. 대륙상단 소상주와 그 동생."

"이거 어디서 많이 들어본 말인데?"

단목성이 우인과 소옥을 소개할 때 서윤이 한 말을 떠올리며 말했다.

"실없는 소리 하지 말고."

"실없는 소리가 아니라 도대체 검왕 선배님의 손자, 손녀와 어떻게 친분을 쌓았느냐 하는 겁니다."

"어쩌다 보니 그렇게 됐어."

"허! 세상에 어쩌다 보니 검왕의 손자, 손녀랑 친분을 쌓았다고요?"

단목성이 배정받은 숙소 안까지 따라오며 물었다. 자신의 방이 아님에도 굳이 이 방을 쓰겠다고 우겨 방을 바꾸고 서윤에게 달라붙었다.

"그렇게 달라붙어도 더 해줄 말 없어."

"그럼 이거 한 가지만!"

단호한 서윤의 말에 단목성이 검지를 치켜들며 간절한 눈빛으로 그를 바라보았다.

"해봐. 내가 대답해 줄 수 있는 건지는 모르겠다만."

"혹시 돌아가신 권왕 선배님을 뵌 적은 있습니까? 듣자 하니 검왕 선배님과 권왕 선배님 두 분이 친구였다던데."

단목성의 물음에 서윤이 짐을 정리하던 것을 멈추었다. 여기서 신도장천의 이야기가 나올 줄은 몰랐던 것이다.

"저는 말입니다, 권왕 선배님을 한 번이라도 꼭 뵙고 싶었거든요. 제 우상이에요, 우상."

평소 눈치 빠른 단목성도 지금 서윤의 마음은 알지 못하는 듯 옆에서 재잘거렸다. 그의 말을 가만히 듣고만 있던 서윤이 나직이 입을 열었다.

"뵀지."

"진짜요?"

서윤의 말에 단목성이 눈을 빛냈다.

"자세히 좀 얘기해 줘요."

"다정다감하신 분이셨지. 친할아버지였으면 좋겠다 싶을 정도로."

"오오!"

단목성은 감탄했고, 서윤의 눈빛은 아련해졌다. 그 분위기에서 서윤을 구한 건 역시 같은 방을 배정받은 황보수열이었다.

"그만하고 얼른 짐부터 풀어."

"옙."

황보수열의 말에 단목성이 곧바로 자신의 짐을 풀었다. 윗 사람의 말을 들어야 할 때에는 빠릿빠릿하게 움직이는 게 단목성의 장점이기도 했다.

"잠시 나 좀 보지."

신도장천에 대한 그리움에 가슴이 먹먹해져 있던 서윤은 황보수열의 말에 그를 따라 방을 나섰다.

서윤과 함께 방을 나온 황보수열은 그를 데리고 인적이 드문 곳으로 향했다.

영문도 모른 채 그의 뒤를 따르던 서윤은 인적이 드문 곳에 도착해 발걸음을 멈춘 황보수열을 쳐다보았다.

"지금부터 제가 묻는 것에 솔직하게 대답해 주십시오."

황보수열이 서윤에게 존대를 했다. 갑작스런 그의 태도 변화에 당황한 서윤은 얼떨결에 고개를 끄덕였다.

"혹시 권왕 선배님의 제자입니까?"

황보수열은 돌려 묻지 않았다. 그에 서윤은 황보수열의 눈을 똑바로 바라보았다.

이미 확신하고 있는 눈빛.

서윤은 더 이상 숨길 수 없겠다는 생각에 고개를 끄덕였다.

"맞습니다."

서윤의 대답에도 황보수열은 놀라지 않았다. 확신하고 있었기 때문이다.

"왜 숨기셨습니까?"

"사람들이 불편해하는 게 싫었고 할아버지의 제자라는 게 특별할 것도 없기 때문입니다."

어려서부터 무림에서 자랐고 배분과 실력으로 인정받는 세상에 익숙한 그에게 서윤의 대답은 쉽게 이해하기 힘들었다.

하지만 서윤의 눈빛에서 그가 거짓을 말하고 있지 않음을 안 황보수열은 고개를 끄덕였다.

"강하겠군요."

"그것도 잘 모릅니다. 전 지금까지 누구와 제대로 된 비무를 해본 적이 없습니다. 기껏해야 어려서부터 수련하면서 할아버지와 한 대련, 그리고 설 누이와의 두 차례 대련이 전부입니다. 그러니 제 실력이 객관적으로 어느 정도 되는지 알 수가 없지요."

서윤은 마영방주와의 싸움은 언급하지 않았다.

어쩔 수 없이 자신이 신도장천의 제자라는 것을 밝힐 수밖에 없었지만 그 이상은 사절이다.

"저와 천보의 비무는 보지 않았습니까?"

"하지만 실력이라는 것이 단순히 무공으로만 결정 나지 않는다는 것도 아시지 않습니까?"

서윤의 대답에 황보수열이 고개를 끄덕였다.

"솔직하게 대답해 주서서 감사합니다."

"아닙니다. 그렇다고 해서 저를 달리 대한다거나 하지 않았으면 합니다."

"물론입니다. 조원들에게도 비밀로 할 생각입니다. 전 특별 대우 같은 건 모릅니다."

황보수열의 말에 서윤이 미소를 지었다. 고마웠기 때문이다.

"소상주께도 비밀로 해달라고 전해주십시오. 말 그대로 다른 조원들이 동요하거나 서로 불편해질 수도 있습니다."

"안 그래도 그럴 참입니다. 말이 나왔으니 지금 바로 다녀오겠습니다."

서윤의 말에 황보수열이 고개를 끄덕이자 서윤은 곧장 설궁도가 있는 곳으로 발걸음을 옮겼다.

이틀이라는 시간은 금방 지나갔다.

그간 편하게 휴식을 취한 조원들은 한결 피로가 풀린 표정으로 말에 올라 있었다.

귀양 지부에서도 상행 준비를 거의 끝마친 상태였다.

마지막 물건까지 마차에 모두 실은 것을 확인한 설궁도가 황보수열에게 다가왔다.

"준비 다 되었습니다."

"알겠습니다. 저희가 선두와 후미에서 호위할 겁니다. 중간은 대륙상단에서 맡아주십시오."

"그러지요."

간단하게 대화를 나눈 설궁도는 선두에 있는 서윤을 한번 슬쩍 쳐다본 뒤 준비된 마차에 올랐다. 안에는 이미 설시연이 타고 있었다.

"출발한다!"

황보수열의 외침에 의협대의 호위를 받으며 대륙상단의 상행이 시작되었다.

*　　　*　　　*

거대한 호랑이 가죽으로 덮인 의자에 건장한 체격을 가진 자가 앉아 있다.

그가 있는 방 곳곳에 야생동물의 가죽으로 만든 물건이 놓여 있었는데 그 분위기와 사내가 풍기는 분위기가 굉장히 잘 어울렸다.

"무림맹이라고?"

의자에 앉은 사내가 카랑카랑한 목소리로 자신의 앞에 고개를 숙이고 있는 부하에게 물었다.

"예. 이번 대륙상단 상행에 의협대라는 신생 부대 중 한 개 조가 호위로 붙었다고 합니다."

"신생 부대라……. 어쨌든 무림맹은 무림맹이라는 말이군."

"그렇습니다. 어찌시겠습니까?"

"어쩌긴, 대어가 굴러들어 오는데 어망을 치울 수는 없지. 맹에서도 따로 지침이 없었고."

"그렇긴 합니다만."

부하의 말에 사내가 귀찮다는 듯 손을 내저었다.

"됐어. 일은 계획대로 진행한다. 대어 잡고 우리 귀왕채(鬼王

寨)가 다시 일어섰음을 중원 전체에 알리는 거다."

그렇게 말하며 사내가 의자 옆에 놓인 도를 한 손으로 쓰다듬었다.

             *   *   *

상행을 시작한 지 사흘이 지났다.

아직까지는 산길이 아닌 관도를 지나왔기 때문에 별다른 위기 없이 올 수 있었다.

그렇게 하루가 더 지나고 나흘째 되는 날이 되자 슬슬 구릉이 보이고 산이 보이기 시작했다.

관도를 벗어나 본격적으로 산길을 지나가게 된 것이다.

그렇게 되자 상행을 하는 대륙상단의 무인들은 물론이고 조원들 역시 조금씩 긴장하기 시작했다.

하지만 출발한 지 나흘째 되는 날에도, 그리고 닷새째 되는 날에도 별다른 일은 벌어지지 않았다.

이미 좌우로 보이는 것은 울창한 숲뿐인데도.

그러자 슬슬 긴장이 풀어지는 사람들이 생기기 시작했다. 황보수열과 설궁도가 아무리 긴장의 고삐를 당기려 해도 사람 마음이라는 것이 마음대로 되는 것이 아니었다.

그리고 칠 일째 되는 날, 선두에 선 서윤은 불길한 예감에 주변을 훑었다.

'공기가 다르다. 뭔가 있어.'

서윤은 얼른 다른 사람들을 바라보았다. 하지만 달라진 공기를 느낀 것은 서윤뿐인 듯했다.

'내가 너무 예민했나?'

하지만 그렇게 조금 더 갔을 때, 황보수열과 천보 역시도 심상치 않은 기운을 느낀 듯 주변을 두리번거렸다.

그러고는 황보수열이 천보와 무언가 대화를 나누는 듯하더니 서윤을 바라보았다.

그에 서윤도 고개를 끄덕였고, 황보수열이 손을 들어 일행을 멈춰 세웠다.

"뭔가 있다! 다들 전투 준비!"

노을이 지기 시작하는 신시(申時) 초.

황보수열이 일행을 멈춰 세우고 얼마 지나지 않아 그들이 앞에 나타났다.

"여기 녹림맹 귀왕채 채주 탁곤(卓坤)이 있다! 앞에 있는 자들은 정체를 밝혀라!"

탁곤의 우렁찬 외침에 놀란 사람이 한둘이 아니었다.

녹림맹이라는 말 때문이다.

탁곤의 한마디는 녹림맹이 다시 세상에 나타났음을 알리는 것과 마찬가지였다.

스릉!

대륙상단 무인들이 일제히 검을 뽑아 들었다.

일개 산적이 아닌 녹림맹이 나타났지만 결코 기죽거나 하는 모습은 아니었다.

"칼부터 빼 드는 모습이라니, 싸우겠다는 뜻이렷다?"

탁곤의 말에 앞으로 나선 건 황보수열이었다.

"부림맹 의협대 삼조장 황보수열이오! 녹림맹이 어쩐 일로 우리의 앞을 막는 것이오?"

"하! 웃기는 녀석일세. 이미 세상 돌아가는 걸 다 알고 있을 텐데 모르는 척 의중을 묻는 꼴이라니."

탁곤의 비아냥거림에 황보수열의 얼굴이 뻘겋게 달아올랐다. 그러자 이번에는 마차에 타고 있던 설궁도가 나섰다.

"그렇게 나온다니 단도직입적으로 묻겠소. 우리에게 원하는 게 목숨이오, 아니면 물건이오?"

"누구냐, 넌?"

"대륙상단 소상주요."

"아, 그 설가 녀석이군."

탁곤의 말에 설궁도가 인상을 찌푸렸다. 하지만 그는 침착하게 다시 물었다.

"두 번 물어야 하오?"

"아, 뭘 원하느냐고 물었지, 목숨과 물건 중에서? 무엇을 원하느냐면……."

그렇게 말한 탁곤이 씨익 웃었다.

그 모습이 그렇게 사악해 보일 수가 없었다.

"둘 다. 다 죽여라!"

탁곤이 외쳤다. 그러자 숲에 몸을 숨기고 있던 귀왕채 산적 들이 일제히 튀어나왔다.

"의협대원들은 적을 공격하라!"

황보수열이 곧장 소리치며 공격해 오는 적을 마주쳐 갔다. 서윤 역시 재빨리 말에서 내려 산적들에게로 달려들었다.

"크하하하!"

이를 지켜보던 탁곤이 광소를 터뜨렸다.

어느새 그의 양손에는 한 쌍의 도가 들려 있다.

자신을 향해 달려들던 산적 한 명을 후려치고 고개를 돌린 서윤의 눈에 탁곤이 보였다.

쌍도를 들고 있는 그의 모습이 어딘지 모르게 익숙해 보였다.

"설마……."

서윤이 작게 중얼거렸다.

탁곤이 사악한 표정으로 전장을 향해 천천히 다가오고 있다.

『풍신서윤』 3권에 계속…

초대형 24시 만화방

신간 100%, 샤워실, 흡연실, 수면실(침대석), 커플석, 세탁기 완비

▪ 강북 노원역점 ▪

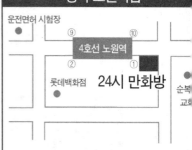

서울 노원구 상계동 340-6 노원역 1번 출구 앞 3층
02) 951-8324 (화용빌딩 3층)

▪ 일산 정발산역점 ▪

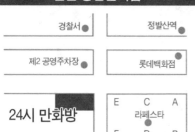

라페스타 E동 건너편 먹자골목 내 객잔건물 5층
031) 914-1957

▪ 일산 화정역점 ▪

경기도 고양시 덕양구 화정동 984번지 서일빌딩 7
031) 979-4874 (서일사우나 건물 7층)

▪ 부천 역곡역점 ▪

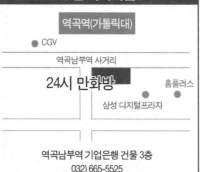

역곡남부역 기업은행 건물 3층
032) 665-5525

▪ 부평역점 ▪

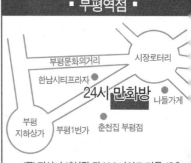

(구) 진선미 예식장 뒤 보스나이트 건물 10층
032) 522-2871

가 프 장 편 소 설

관상왕의
1번룸

FUSION FANTASTIC STORY

거대한 도시의 그늘에서 벌어지는
짜릿하고 통쾌한 이야기!

『관상왕의 1번룸』

텐프로의 진상 처리 담당, 홍 부장.
절망적인 삶의 끝에서 만난 남국의 바다는
그를 새로운 인생으로 인도하는데……

쾌락을 원하는 거부, 성공에 목마른 사업가,
그리고 실패로 절망한 사람들이여.

여기, 관상왕의 1번룸으로 오라!

Book Publishing CHUNGEORAM

유행이 아닌 자유추구-
WWW. chungeoram.com

만상조 新무협 판타지 소설

FANTASTIC ORIENTAL HEROES

광풍제월

천하제일이란 이름은 불변(不變)하지 않는다!

『광풍제월』

시천마(始天魔) 혁무원(赫撫源)에 의한 천마일통(天魔一統)!
그의 무시무시한 무공 앞에 구대문파는 멸문했고,
무림은 일통되었다.

"그는 너무나도 강했지.
그래서 우리는 패배했고, 이곳에 갇혔다."

천하제일이란 그림자에 가려져 있던 수많은 이인자들.

"만약……."
"이인자들의 무공을 한데로 모은다면 어떨까?"
"시천마, 그놈을 엿 먹일 수도 있을 거야."

이들의 뜻을 이어받은 소년, 소하.
그의 무림 진출기가 시작된다.

Book Publishing CHUNGEORAM

유행이 아닌 자유추구 -
WWW.chungeoram.com

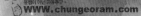

이경영 판타지 장편소설

FANTASY FRONTIER SPIRIT

그라니트

용들의 땅

G R A N I T E

사고로 위장된 사건에 의해 동료를 모두 잃고 서로를 만나게 된 '치프'와 '데스디아'.
사건의 이면에 상식을 벗어난 음모가 있음을 알게 된 둘은
동료들의 죽음을 가슴에 새긴 채 각자의 고향으로 돌아간다.
2년 후, 뜻하지 않게 다시 만난 두 사람은 동료들의 복수를 위해
개척용역회사 '그라니트 용역'을 설립해 다시금 그 땅을 찾게 되는데……

용들이 지배하는 땅 그라니트!
그곳에서 펼쳐지는 고대로부터 이어지는 운명적 만남,
깊어지는 오해, 그리고 채워지는 상처.

『가즈 나이트』시리즈 이경영 작가의 미래형 판타지 신작!

Book Publishing CHUNGEORAM

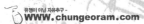
유행이 아닌 자유추구 -
WWW.chungeoram.com